BESSE

ET

VASSIVIÈRE

NOTICE HISTORIQUE

ET EXTRAITS DES ARCHIVES COMMUNALES DE BESSE

Par BOYER-VIDAL

CLERMONT-FERRAND

IMPRIMERIE CLERMONTOISE, 9, RUE FONTGIÈVE

—

MDCCCLXXXVIII

AU LECTEUR

En entreprenant ce modeste travail ou plutôt en publiant dans ce petit opuscule les documents que j'ai pu me procurer, relatifs à la petite ville de Besse et à Vassivière, je n'ai eu qu'un but : faire connaître à mes concitoyens les époques, malheureusement trop rares, où il est possible de soulever le voile épais qui recouvre l'histoire de notre ville.

Je regrette de ne produire qu'un travail très incomplet, mais la pauvreté des archives ne m'a pas permis un plus grand et surtout plus complet développement.

Je me plais à rendre ici un juste hommage à M. Julhiard, maire de Besse, dont la complaisance a été extrême et dont la science de paléographe, pour qui les plus anciens manuscrits n'ont pas de secrets, m'a été du plus grand secours. Qu'il reçoive ici les sincères remercîments que je suis heureux de lui adresser.

Je remercie aussi Monsieur l'abbé Roche, curé de Besse, et Madame la Supérieure de l'hôpital Saint-Joseph, qui, avec la meilleure grâce, ont bien voulu mettre à ma disposition les archives de l'église et de l'hôpital.

Cette dette de reconnaissance acquittée, je termine en affirmant à mes concitoyens que je serai largement payé de toute peine, si la lecture de ce petit travail leur procure un instant de plaisir.

A. BOYER-VIDAL.

Besse, 26 mars 1887.

BESSE

ET

VASSIVIÈRE

CHAPITRE PREMIER

BESSE. — SA SITUATION. — SON ORIGINE. — PRÉCIS HISTORIQUE

La petite ville de Besse, aujourd'hui chef-lieu du canton de ce nom, fait partie de l'arrondissement d'Issoire, dont elle est distante de 32 kilomètres environ. Elle se trouve placée au sommet d'un petit monticule, à une altitude de 1,025 mètres. De son importance au moyen âge, elle n'a conservé que son commerce de bestiaux, qui fait encore de son canton un centre renommé pour sa production et les transactions qui y ont lieu.

Besse fut une des six villes agrégées aux treize anciennes, en exécution d'un arrêt du Conseil de 1588, pour représenter le Tiers-Etat aux Assemblées de la Province. Des rues étroites, des maisons ayant pignon sur rue, à l'aspect sombre, des portes basses, dont quelques-unes avec encadrement en lave du pays sculptée, et surmontées d'un écusson sans armoiries, quelques vestiges de fortifications, notamment derrière l'ancien Château, servant aujourd'hui de gendarmerie, le beffroi entièrement conservé s'élevant au-dessus de la seule porte de la ville existant encore (la porte de l'Horloge), indiquent que cette ville a été bâtie ou rebâtie au moyen âge.

Il est impossible d'assigner une date même approximative à la fondation de Besse, mais il est rationnel de supposer que ce fut au moment de l'établissement des Communes en France que se fonda ou du moins que prit de l'importance ce petit bourg. On ne saurait admettre comme sérieuse la date indiquée à ce sujet dans un manuscrit conservé aux archives municipales, où il a été déposé en 1876 par M. Jaloustre, alors receveur des Domaines, qui l'avait découvert parmi les papiers de la famille Godivel, famille très ancienne, aujourd'hui éteinte, et dont quelques-uns des ancêtres avaient été châtelains de Besse. On y lit en effet : « Que la « foy chrétienne et catholique y fut plantée et l'idolâtrie extirpée par « saint Nectaire, prestre et confesseur, disciple des apôtres, envoyé par « saint Austremoine, premier évêque de Clermont, vers le Mont-Cornador, « dit, à présent, Senectère. » Ce qui ferait supposer que cette ville existait déjà lorsque cette mission fameuse, que quelques-uns font remonter jusqu'au pape saint Clément, mais que beaucoup disent avoir été envoyée par le pape Fabien, et dont saint Austremoine faisait partie, arriva pour catéchiser la Gaule, dans le courant du III⁰ siècle, c'est-à-dire avant l'établissement de la Monarchie française.

Besse appartenait à la maison de La Tour d'Auvergne longtemps avant le XIII⁰ siècle, et elle resta à cette maison jusqu'en 1518, époque à laquelle Jean, sire de La Tour, fils de Bernard VII, mourut, ne laissant de son mariage avec Jeanne de Bourbon, veuve de Jean II, duc de Bourbon, que deux filles : Anne, qui épousa, le 8 juillet 1505, Jean Stuart, duc d'Albanie, régent d'Ecosse, et Magdeleine, mariée le 11 janvier 1518 à Laurent de Médicis, duc d'Urbin, neveu du pape Léon X. D'après le partage qui eut lieu entre les deux sœurs, le 22 juillet 1518, la baronnie de La Tour, qui comprenait Besse, échut à Magdeleine, duchesse d'Urbin. Anne, duchesse d'Albanie, étant morte sans enfant, en 1524, la totalité des biens se réunit sur la tête de la duchesse d'Urbin.

Catherine de Médicis, fille de cette dernière, femme d'Henri II, roi de France, eut la totalité de l'héritage des seigneurs de La Tour, ce qui fit que la baronnie de ce nom se réunit à la couronne de France.

Par arrêts des 30 mai et 17 juin 1606, la baronnie de La Tour fut adjugée à Marguerite de Valois, première femme d'Henri IV.

Le 10 mars 1606, Marguerite de Valois donna au dauphin, depuis Louis XIII, la baronnie de La Tour et le comté d'Auvergne. Cette donation fut confirmée par acte du 10 avril 1609.

Le marquis de Rochechouart de Chandenier réclama des droits sur la baronnie de La Tour, en basant sa réclamation sur ce que Christophe de Rochechouart, marquis de Chandenier, ayant épousé Suzanne de Blézy, fille de Claude, seigneur de Conches, et de Louise de La Tour, fille de Bertrand, sœur de Jean III, comte d'Auvergne, aïeul de Catherine de Médicis, il avait été constitué à Louise de La Tour une dot, qui n'avait pas été payée. Le marquis de Chandenier poursuivit le paiement de cette dot contre Catherine de Médicis et ensuite contre Marguerite de Valois. Le cardinal de Rochechouart, tuteur du marquis de Chandenier, son petit neveu, obtint un arrêt du Parlement de Paris contre M. le Procureur général, le 23 février 1615, ou, suivant d'autres, le 17 septembre 1617, qui lui adjugea un quart de la baronnie de La Tour avec restitution de jouissances, depuis le 20 mars 1586. Louis XIII nomma des commissaires, par lettres-patentes du 6 décembre 1619, pour traiter avec le marquis de Chandenier; dans la transaction intervenue entre ce dernier et les commissaires royaux, le 20 janvier 1620, on délaissa au marquis de Chandenier : 1º en engagement les droits utiles seulement de la baronnie de La Tour et des terres d'Artonne, Monal, Coudes et Montpeyroux, moyennant 12,000 livres, prix d'un engagement précédemment fait au sieur d'Attichy ; 2º et en toute propriété, les terres de Besse, Ravel, Clavière, Moussage, Saint-Saturnin, Saint-Amant, Chanonat et Montredon. Ce délaissement fut confirmé par lettres-patentes du 3 février 1620, enregistrées au Parlement le 15 mai suivant, et en la Chambre des Comptes le 20.

Besse fit partie, avec d'autres terres, de la vente qui fut faite par les créanciers du marquis de Chandenier, le 25 septembre 1668, à Victor-Maurice de Broglie, dont la famille en resta propriétaire jusqu'à la Révolution (1).

Lors de la subdivision des départements en districts par l'Assemblée constituante de 1789, Besse devint chef-lieu du district de ce nom. L'on sait que le district représentait l'arrondissement de nos jours. Chaque district avait un tribunal civil et une administration particulière soumise à l'administration générale du département. L'administration se composait d'un conseil et d'un directoire, soit en tout douze membres nommés à l'élection.

Chabrol, *Coutumes d'Auvergne*, t. 4.

Les armes de la ville de Besse sont, d'après l'armorial général de 1696, blasonnées ainsi qu'il suit : « D'azur à l'image de saint Jean-Baptiste « dans le désert, accompagnées de trois fleurs de lis, le tout d'or. » La description qu'en donne le manuscrit Godivel, dont j'ai déjà parlé, diffère un peu et dit : « Le Consulat et la ville pour l'écusson siennes à l'image « de saint Jean-Baptiste avec l'extrémité du pied droit sur cette lettre B. »

CHAPITRE II

CHARTE COMMUNALE

Au xiᵉ siècle, qui vit à son apogée la domination féodale, la France se divisait en trois classes sociales : la noblesse, le clergé et le prolétariat.

La noblesse qui, retirée dans ses châteaux, qu'on a à juste titre appelés *des fosses de larrons, des cavernes de brigands, speluncœ latronum,* pratiquait le brigandage et le vol sur une grande échelle, violant le droit, usurpant la terre et faisant de la force l'argument suprême. Les prisons formaient la partie essentielle de ces châteaux, car c'était là qu'on entassait les captifs qui tantôt étaient des rivaux pris les armes à la main, tantôt de pauvres voyageurs ou des marchands qui, en se rendant aux foires, avaient eu le malheur de passer avec leurs *rhèdes* ou leurs charrettes à proximité du repaire. Et de ces cachots, où le jour pénétrait par d'étroites ouvertures, et où l'air rare et vicié était à peine suffisant aux besoins de leurs poumons, ils ne sortaient qu'après avoir subi d'affreux tourments et laissé une riche rançon. Le clergé même n'était pas l'abri de ces vexations, et l'on vit des seigneurs piller des abbayes et dévaliser des sanctuaires. Il y eut même des princes de l'Église qui, pris et emprisonnés, ne sortirent de prison qu'après s'être rachetés par une forte somme d'argent. Ainsi Henri, évêque de Liége, qui fut dévalisé en traversant le diocèse de Verdun, par le comte de cette ville, qui lui dit après : « Saint évêque, avant « de te laisser continuer ta route, j'exige de toi deux serments : il faut « que tu jures d'abord de ne jamais réclamer ce que je t'ai pris, ensuite « d'obtenir du pape mon absolution, car en te dépouillant, je confesse « avoir commis un grand crime. » L'évêque jura ce que voulut le comte, mais au lieu d'absolution, il obtint pour lui du pape l'excommunication.

Les mœurs des plus grands seigneurs de cette époque atteignaient le dernier degré de la corruption et, pour n'en citer qu'un exemple, Guillaume IX, duc d'Aquitaine, un des plus grands seigneurs de l'époque, qui, continuellement à la recherche de nouvelles conquêtes amoureuses, prises dans toutes les classes, eut des maîtresses même dans les monastères et voulait fonder pour son usage personnel une abbaye de filles, dont la direction serait confiée aux grandes dévergondées du Poitou. C'est ce même duc qui, devenu malade, répond à un clerc, qui l'engage à changer de conduite et à faire de bonnes œuvres pour racheter ses crimes : « Tu veux que je donne mes biens aux parasites, c'est-à-dire « aux prêtres? Ils n'en auront pas une obole. Quant à mes débauches, « je n'ai pas à m'en repentir. Beaucoup de gens, qui te surpassent en « savoir, m'ont assuré que toutes les femmes devraient nous appartenir « en commun, et que se livrer à leurs caresses était un péché sans con- « séquence. »

Le clergé, qui formait la deuxième classe, avait des mœurs encore plus dissolues. On voyait des ecclésiastiques, non contents d'une seule femme, entretenir plusieurs concubines, se faisant honneur d'avoir d'elles beaucoup d'enfants, qu'ils dotaient, filles ou garçons, de bénéfices religieux, vendant les prébendes, les archidiaconés, les sacrements, disposant de toutes dîmes en faveur de leurs propres maisons. Un évêque d'Orléans était chansonné sur les places publiques pour cause de sodomie. Aux conciles de Bourges, de Reims, de Mayence, de Rouen, de Toulouse, de Tours, de Latran, de Lillebonne, on s'occupe sérieusement de réprimer la simonie et la luxure des prêtres, mais les mesures prises furent vaines, et ce n'est que lorsque l'inflexible volonté du moine Hildebrand, devenu pape sous le nom de Grégoire VII, vint s'opposer à ces égarements, que quelque amélioration parut. Alors les fornicateurs et les simoniaques furent chassés du temple, alors les prêtres furent obligés de se faire raser largement la tête pour que la tonsure parût et permît de les reconnaître partout, alors toute relation charnelle et impudique leur fut défendue. Et ce grand pape parla avec la même autorité aux gens de son église et aux grands de la terre. Vainement on le traita d'impie, de parjure, de tyran, de schismatique, vainement les clercs de Cambrai, de Noyon, de Rouen, etc., se soulevèrent-ils contre les décrets du Saint-Siège, il ne s'inquiéta ni de la résistance, ni des murmures. Aux évêques, que leurs clercs poursuivaient à coups de pierre, il écrivait : « Fermez votre

« église, j'aime mieux l'absence du culte que l'abomination du sanc-
« tuaire. » Aux prêtres, qui déclaraient qu'ils n'étaient pas des anges et
préféraient renoncer au sacerdoce qu'aux femmes, il permettait de se
retirer; mais de ceux qui restaient, il exigeait que le service de l'autel ne
retînt que des ministres dégagés des liens de la société. C'est ainsi qu'il
écrivait aux évêques de France : « Chez vous toute justice est foulée aux
« pieds. On s'est accoutumé à commettre impunément les actions les plus
« honteuses, les plus cruelles, les plus fâcheuses, les plus intolérables ;
« à force de licence elles sont devenues des habitudes. Il semble que
« le droit des gens commande de venger les injures par les guerres, par
« les massacres, par l'incendie. Vos compatriotes n'ont égard à aucune
« loi. Ils se font un jeu de se parjurer, d'être sacrilèges et incestueux, de
« se trahir les uns les autres, de dépouiller leurs parents. Ils incarcèrent
« les pèlerins et se montrent plus ingénieux que les païens eux-mêmes à
« inventer des tortures, afin de tirer de riches rançons de leurs prison-
« niers. Votre roi ou plutôt votre tyran Philippe Ier est la cause de tous
« ces crimes. Incapable de gouverner, souillé de forfaits et d'excès, il
« ne fait que donner l'exemple du mal. Non content des parjures, des
« adultères, des rapines odieuses, dont nous l'avons souvent blâmé, il
« vient, comme un voleur, d'enlever des sommes énormes à des mar-
« chands, qui se rendaient à une foire de France. Les fables mêmes
« ne nous offrent rien de semblable de la part d'un roi. »

Ne voit-on pas dans cette page éloquente le tableau exact de la
corruption des grands, auxquels le roi donnait le mauvais exemple, autorisant le désordre de sa noblesse en répudiant sans motifs une femme
vertueuse pour épouser la femme du comte d'Anjou, qu'il avait enlevée.
Le peuple, qui comprit qu'attaquer le désordre d'en haut, c'est assurer
l'ordre d'en bas, fut avec Grégoire VII, et rechercha l'intervention paci-
fique de l'Eglise pour mettre un frein aux exactions toujours croissantes
de la noblesse.

Et au-dessous de ces deux classes privilégiées, le prolétariat se divisant
en deux catégories, les *serfs* et les *cultivateurs*. Les *serfs*, c'est-à-dire
les *choses* du maître, faisaient partie intégrante du domaine, vendus ou
affermés avec lui comme les animaux servant à l'exploitation, obligés de
combattre avec le seigneur lorsqu'il voulait s'emparer de quelque proie,
pillant, volant, assassinant sous ses ordres pour se procurer de quoi
vivre. Les cultivateurs propriétaires de *franc aleu* et les colons *fiscaliers*

ou vilains possédaient un peu plus de liberté que les serfs : ainsi le colon en Bourgogne devenait libre en délaissant la terre du seigneur ; en Champagne, il pouvait acquérir, tester et se *racheter* ; mais une femme ou un homme libre, qui épousait un serf ou une serve, devenait comme lui la propriété du maître. Quelquefois un serf épousait une femme serve d'une seigneurie voisine, mais alors, pour un pareil ménage, il fallait obtenir la permission des deux seigneurs, et leurs enfants, par une loi injuste et barbare, étaient partagés entre ces deux seigneurs de qui ils devenaient esclaves.

Tel est le tableau exact de la nation française au xie siècle. Perversité et corruption dans les deux premières classes et souffrances dans la troisième. C'est ce qui fut sans doute cause que des prêtres, des nobles, des fidèles, hommes et femmes, se réunirent dans la prairie de Tulujes en Roussillon et votèrent d'acclamation, sous la présidence d'un évêque, les articles de ce pacte célèbre qu'on a appelé la *trêve du seigneur*, qui fut approuvée par les conciles et où pour la première fois délibérèrent en commun des prêtres, des nobles et des vilains, pacte connu, qui porta un apaisement général dans les esprits. L'on comprenait enfin qu'il était de l'intérêt de tous de mettre un frein au débordement des mauvaises passions. De là l'Eglise vit s'accroître sa puissance, et ses sentences et ses excommunications, soutenues par le bras séculier, reçurent leur application immédiate.

Les affranchissements, sous les siècles suivants, devinrent plus fréquents, encouragés par le clergé, qui les prodigua dans ses domaines, par la royauté, qui se créa ainsi des appuis contre les seigneurs, devenus trop puissants. Mais il faut bien dire aussi que ce qui fut une grande cause de ce progrès ne fut pas seulement le sentiment du juste, mais aussi les légitimes inquiétudes qu'occasionnèrent ces révoltes de roturiers, connus sous le nom de *Pastoureaux*, qui, en 1250, aux lances des chevaliers opposèrent de simples bâtons de trois pieds, la seule arme qui leur fût permise, et marchèrent avec leur simple harnais de cuir, de feutre, de bois et de toile, contre ces hommes bardés de fer, qu'ils firent trembler jusque derrière leurs créneaux.

De là naquirent beaucoup de ces villes nouvelles, de ces *burgs*, fondés par ces affranchis, attirés par les privilèges et les franchises qu'accordaient les seigneurs pour peupler leurs fiefs et accroître l'importance de leurs domaines.

Quelques-unes de ces villes obtinrent le droit de s'ériger en communes en payant cette concession à leur seigneur, soit moyennant une somme d'argent une fois payée, soit par une redevance annuelle ; d'autres l'arrachèrent par la force aux seigneurs récalcitrants, qui ne voulaient pas accorder ce commencement de liberté. Ainsi voit-on un écrivain du XIIᵉ siècle, l'abbé Guibert de Nogent, dire : « Commune est un mot « nouveau et détestable. Et voici ce qu'on entend par ce mot : les gens « taillables ne paient plus qu'une fois l'an à leur seigneur la rente qu'ils « lui doivent. S'ils commettent quelque délit, ils en sont quittes par une « amende légalement fixée. » Ils trouvaient mauvais, ces oppresseurs, que le peuple commençât à respirer, à ne plus craindre de se voir à chaque instant dépouillé de son avoir et du fruit de ses labeurs, de ne plus pouvoir disposer de lui et de ses biens comme de choses et de bêtes de somme. Et que de villes, après avoir obtenu et payé le droit de s'ériger en communes, après avoir obtenu la sanction du roi, se virent arracher ce droit par ruse ou par violence. L'on vit même certains rois, après avoir reçu une somme d'argent pour confirmer les chartes communales, se parjurer en révoquant cette confirmation, soit pour se réconcilier avec des seigneurs rebelles, soit que cette révocation fût achetée par une somme plus forte.

C'est de l'époque de l'établissement des communes que date en France l'introduction du droit écrit, et toutes les chartes communales contiennent une rédaction des coutumes, un code renfermant des lois civiles et pénales. Dès lors, la justice ne fut plus livrée à l'arbitraire et, ainsi que nous le verrons dans la charte de Besse, chaque délit fut tarifé.

Bréquigny, dans la remarquable dissertation que, sous forme de préface, il inséra dans le onzième volume de son *Recueil des Ordonnances des rois de France,* réduit à trois les caractères distinctifs des communes : « 1º L'association jurée et autorisée par titre authentique ; 2º la rédaction « et la confirmation des usages et coutumes ; 3º l'attribution des droits « et privilèges, du nombre desquels était toujours une juridiction plus « ou moins étendue, confiée à des magistrats de la commune et « choisis par elle. »

C'est à ce mouvement des XIIᵉ et XIIIᵉ siècles que Besse dut ses franchises, et c'est probablement de cette époque que date sa fondation et son origine.

Les deux frères Bernard VII et Bertrand de La Tour accordèrent à

Besse une charte communale. Cette charte fut donnée au château de Saint-Saturnin, le jeudi après l'octave de Saint-Jean-Porte-Latine, au mois de mai 1270. Bernard fut tué l'année même, le 14 août, au siège de Tunis.

Cette charte, dont je donne ci-dessous une copie, est écrite en patois ou roman vulgaire auvergnat, langage qui fut en usage général à peu près jusqu'au XVIe siècle. Il existe aux archives municipales une traduction de cette charte en français, traduction fort incomplète, paraissant dater de la fin du XVIIe siècle. Dans cette traduction il est dit que les privilèges furent ratifiés par Bertrand en mai 1365, c'est-à-dire près de cent ans après que Bernard les eut octroyés. Il doit y avoir une erreur de date, car Bertrand, frère de Bernard VII, qui était chanoine de Brioude, ne vivait plus à cette époque, ou bien la ratification, dont il est question, fut faite par Bertrand V, qui avait épousé Marie d'Auvergne, fille unique de Godefroy, seigneur de Montgascon, qui recueillit la succession de Jeanne, comtesse d'Auvergne, duchesse de Berry, sa cousine issue de germains.

Le manuscrit Godivel parle de coutumes plus anciennes, octroyées à la ville et s'exprime ainsi :

« Les seigneurs meme locaux en ont donnés plusieurs comme celui de la
« chasse en quelque temps et comment que ce fut licence des loix dans la
« meme ville et cecy a été tiré des originaux et vielles chartes conservées
« ès-archives de la ville, contenant les privilèges donnés l'an 1204 et l'an
« 1270. Ce fut à la sollicitation de plusieurs cytoyens de la meme ville les plus
« prudens et savans en fait des loys qui fussent dans toute la haute Auver-
« gne, qui comprenait de la montagne de Mezen, cinq lieües au dela du Puy,
« jusques à Bersiers, Montpelier, Narbonne, et ce qui est aussi remarqué
« par plusieurs graves auteurs. »

On ne trouve nulle part trace de ces anciennes franchises. Les originaux ont dû disparaître à une époque certainement antérieure à la Révolution, car Baluze ni Chabrol n'en font mention.

Les privilèges contenus en la Charte furent confirmés par Philippe-le-Hardy vers 1276. Ce roi aurait également accordé d'autres privilèges relativement à la justice; malheureusement aux archives il n'existe actuellement aucun document à ce sujet.

Les habitants de Besse acquittaient chaque année entre les mains des seigneurs de La Tour une redevance pour leurs franchises. Cet impôt était de cent sols pour chaque communier après trois ans de résidence et se payait à la Saint-André.

Voici, d'après Chabrol, la copie de la Charte de Besse :

CHARTE

« En B. de La Tor e Bertran de La Tor, fraire, donneront la villa de Bessa
« e jureront sobre sans à toz las hommes e à totas las femmas que maisos i
« penriont e i auriont bos usatges e bonas condumnhas las melhors que hum
« trobaria à ops de Borses à Montpeleir, ni al Poy, ni à Salvanhec, ni en
« altras bonas vilas, li peasos tals cals i es donada, dona una copa de froment
« l'on comprant et vendent.

« E negus hom ni neguna femna que maison i aja non dara ia bida
« d'avecque venda que feussia.

« E si hom i prent peaso e bastit noi a al chap d'un an en compognes
« estar, pert la.

« E si hom i venia estar cui hom queris servisi, si i esta un an e un jorn es
« quitis.

« E tuit acquilh home que i venriont per estatges, per torz que aja fait,
« si dreit vol faire no sera destreiz.

« E tuit acquilh home e totas las femnas que lor aver mettrant à la Bessa,
« per paz ni per guerra qu'en B. de La Tor aja am lor ni am lor sen horatges,
« nol perdrant que salu e quité l'en portarant.

« Tui aquil home que à Bessa aurant maisos, per neguna guerra no las
« perdrant, e anar ni à venhir non aurant regard d'en Bernar de La Tor ni
« d'els seus.

« Qui sa maiso vendra, dara dits XX sol XII d. de vendas e am las vendas
« o à altrejar en Bernar de La Tor.

« E qui sa maiso engatia en Bernar de La Tor o à altrejar ses aver que hom
« lhen do.

« Las peasos que lo Bailes dona à Bessa los altreis que fas que en B. de la
« Tor aparte donat e altrejat es com si en Bernar de La Tor o donava.

« E atuit aquil home que maisos ant à Bessa las podont donar vender à
« toz homes e à totas femnas, fors e sans et à Morgues e à Chanonis e à
« Chavaleirs e à Sirvens, aquist noi devon aver maiso per l'usatge de la vila.

« En Bernar de La Tor ni hom per lui non ant à Bessa alberiatge ni tolta,
« ni talha, ni quista, ni compra forfadament en clam III sol en collez d'ome
« ni de femna, iradamient dont clam aura en Bernar de La Tor ni sos bailes
« LX sol à sa merce.

« Si bathala es fermada à Bessa en la cort en Bernar de La Tor, por nitat
« aurant à en Bernar de La Tor LX sol à sa marce d'aquel ques recreira.

« D'ome que maisos a à Bessa no deu-levar en Bernar de La Tor loita de
« plait.

« Qui o fait à l'altrui molher e nos proaz ni auci home ni femna ni embla
« altrui aver à Bessa es en la merce en Bernar de la Tor.

« Qui entra en altrui ort à Bessa per mal faire dara II sol o la dent en
« Bernar de La Tor à la proja XII dea.

« E si i a mescla et om i trai glasi un darnera per la mescla LX sol à la
« marce en Bernar de La Tor.

« E si a Bessa ven falsadre que port moneda falsa, li falsedaz es en Bernar
« de La Tor, e si homs n'avia enjarrat de Bessa, redria lhien Bernard de La
« Tor son chaptal.

« De livra falsa e de marc fals, qui en vent nin compra son essient e n'es
« proaz L. X sol à la merce en Bernar de La Tor.

« D'alna falsa VII sol.

« De mesura de vi falsa VII sol.

« De carta falsa VII sol.

« En chaval e en ega en mul IIII d. de leida qui lo vent.

« D'asne I d.

« De beu, de vacha I d.

« Una dot serra de moltos o de chabras I d.

« I. coir, mealha.

« Una dot serra de pels de chabras I d.

« Drapeirs e feneis e piliceirs e cordoneirs e coireirs e sabateirs que al
« merchat ni à la feira venra dara usquets VI d. l'an.

« Si merchadeirs ven à Bessa ses merchat o ses feira, e deslia, e noi vent,
« no i dara ja leida.

« Us peisoneirs IIII d. l'an.

« Una charretada de peisos VI d.

« Una charrada de madeira I d.

« De charrade de celcles una fuissa.

« De charrada d'olas I d.

« De charrada de lenha II fuz

« De charrada de fruta I d.

« De char qui lo vent I d.

« Una sauma de fruta mealha.

« Una mola II d.

« De totas anonas del sisteir una copa de leida ; e las VIII font la copa.

« Lo lesdeirs que porta la copa non logeir peare per la copa bailar mas la
« leida.

« Els moles de Bessa ant mobre l'home e las femnas de Bessa lo sesteir
« per una copa ojtenal, e non deu donar per usatge sinon l'ajuda ; e si
« l'adjuda, dara lhi per l'usatge d'els moles de Bessa.

« De fornatge I d. del sisteir.

« En escuders e en seleirs e en freneirs VI d. l'an.

« E una fluisena de ros I d. en I cot.

« E una tela c'om porta à son col I d. si la vent.

« En cera I d. e aquel que la vent à estaso II d.

« De coltels e de forses e de naps e d'escudelas II d. l'an.

« En un baco I d. qui lo vent.

« En maseleir III coissas de vacha l'an o II sol.

« Panateirs que maiso o non porta per l'usatge à Bessa III denairadas de
« pau l'an.

« E si home ni femna s'en fuig an lor aver en altra vila, segrant la loi e
« clamarant o al senhor de la terra.

« E si homs estrains merchada aver à Bessa, hom que maison aura à
« Bessa, si ven à aquel mercha aura i sa part, s'is vol, e l'estrains non aura
« ja part el seu.

« Qui compra aver en meiso d'ome de Bessa, e s'el cui eslhi maisos ni
« sos messatges i demanda part aura li coma us d'els altres.

« Qui dona gaanh à home de Bessa per son aver o lo li promet ses fors a
« que el na l'heu fassa, aura lo opois no lhou fara ja dreit.

« Chamnhador no deu hom gatiar a taula ni des la taula troi à la maiso.

« A Bessa non deu hom home peure si fiensa vol donar, si non per crim
« ni n'ol d'eu hom gatiar de sos vestimens en charreira.

« Qui gatge prent à Bessa per son aver o per fiansa, tenra le VIII jorns per
« son terme, e pois vendra lho ; e si mais en prent, rendra l'ho ; e si mens
« en prent, querra lho.

« Home que maiso a à Bessa, si fiansa non post donar, n'ol deu en Bernar
« de La Tor penre si non per crim as la à jutjar sobre sas chausas.

« Qui fait espoiso à Bessa ia ta grans no sera que ia do s'is vol mas I
« sesteir de vi.

« De fulhia no fai om dreit à Bessa.

« Mas si malvaz hom ni malvasa femna fulia prodome ni prode femna deu
« oclamar en Bernar de La Tor o à son baile, eilh devont justifiar ses clam.

« Lo pegeiros dona l'an de leida II massas de peja.

« Lo salineirs deu del sisteirs una monada de leida et atra de torratge.

« Qui enjana home à Bessa de merchat que l'enjoussia per tersa part, des
« fara lo merchat, si dins VIII jorns aquel que seria enjanaz nos n'era
« grausaz, donqui en ant seria lo merchaz faiz per l'usatge de Bessa.

« Negus hom qu'esta à Bessa ni neguna femna per forfait que fassa so
« malor ni soi efant ni sei parent ni hom ni femna de son conduit noi deu
« aver dans sas torns ni las soas chausas.

« Qui porta maisos ni terra que mova d'en Bernard de La Tor X ans à Bessa
« ses venda dedreit en la cort en Bernar de La Tor es seu per l'usatge de Bessa.

« En Bernar de La Tor non a eu home de Bessa m'en femna mas sas
« dreitas condumnhas escriutas.

« Si negus hom ni neguna femna de Bessa era escorreguz ves en Bernar
« de La Tor, si deu aver ni a comanda duce o redre primieirament e la
« romaneus es Bernar de La Tor à sa merce.

« Toz hom que venria à Bessa merchadeirs ni altres, ni femnas, el e sa
« chausas son segur pel poder de Bessa, si fiansa noi a faita o depte noi deu.

« E cant en Bernar de La Tor mettra son baile à Bessa el li deu faire jurar
« sobre sans que leialment mene la vila els usatges ab lo cosseilh dels
« prodomes cuminals.

« E si femna molherada cuminal venia à Bessa per putage, e om que non
« auria molher jasia am lhais, non es tenguz ves en Bernar de La Tor.

« Si hom s'en fuich am l'altrui molher, ni femna am l'altrui marit, non
« deu tornar à Bessa tro que sanita gleisa los i torn.

« Qui foe met à Bessa à mastre, nili fai mettre, e en feria proaz es encor-
« reguz ves en Bernar de La Tor, e jamais non deu tornat à Bessa per
« sagrament.

« Negus hom de Bessa no si deu ofiansar ves en Bernar de La Tor, ni el non
« deu cors d'ome sasir ni sas meysos ni sas chausas, sinon per crim.

« Leuget nil gatge qu'en Bernar de La Tor mettria à Bessa devant esser
« tengus e non deu forsa faire per l'usatge de Bessa.

« En Bernar de La Tor ni sos bailos no devont la plaiz de Bessa alonjas per
« amie, ni per ennemie, ni per aver.

« En Bernar de La Tor adosos e altrejat al cuminal de Bessa c'a totas la
« ves qu'es volront melon cossols tos tems mais.

« Si servens d'en Bernar de La Tor feria home de Bessa primeirament,
« l'om de Bessa l'en fai tornas, que lo feira non es tenguz ves en Bernar de
« La Tor si non sobre fasio, e qui esseparia home de Bessa que volgue dreit
« faire C. sol.

« I deu adjudar lo cuminals de la vila a destruire lo malfaitor e non deu
« pais tornar à Bessa.

« Negus hom de Bessa nos deu penre am lo senhor ni am son baile per que
« sos visis perda son aver, ni son cors, ni sa terra, ni per sagramens, ni
« per convenens noi deu remaner pea forsa faire à sos visi, ni li deu hom
« faire.

« E si lo sirvens o sos bailes i prendria forsadament home ni sas maisos
« ni sas chausas part usatge, tuit lheu ant per sagrament. E qui faliria de la
« gaita VI. d. s'en à reimer al cuminal à la quiri que hom lhen faria e que
« hom fassa la gaita per lor cors alsamosi que lo cuminals en faria.

« L'aver que l'home de Bessa auriont el poder en Bernar de La Tor o de
« sos amics el lo deu gardar et tener segur. Et si ilh l'aviont en la terra de
« sos ennemics, e el lo prendia o il sen o sos poders redre lo deu ses aver.

« E qui falhiria negun d'aquez establimens, deu esser encontra lhui toz
« lo cuminals.

« En Bernar de La Tor en Bertran sos fraire ou dunal al cuminal de Bessa

« lo champ que Peire Meirans fasia soz la reclsia a pascheir, el champ que
« fasia Joan primeira, el champ que fasia B. Berteira e beloz e sa meire, e
« W. la Falta retengut loce qu'aquist lhen donavont e mais XII d.

« E plus lor ant donat e altreiat los pascheirs els bos cuminals, et qu'ilh
« posthont penre el fuz al ops de bastir per tot.

« E ant donnat e altreiat que toz home que volria penre à Bessa pot bastir
« am XII d. e una jouilha de fes.

« Toz homme que volria penre peda à Bessa dius tres ans deu paiar sa
« part de la messio qu'es faita per la franchedat de la vila, e lo cuminals de
« Bessa dona à chasque an à la Sant Audren C. sol, per nom de cumin.

« Aquez usatges e aquestos condumnhas c'aisi son escriutas donneront en
« Bernar de La Tor en Bertran sos fraire, als omes de Bessa e à las femnas o
« quist o donneront e o altrogeront e o jureront sobre sans, e manderont en
« aquesta chartra faire per remembransa e per fermeta et i pauseront lor
« saels.

« Datum apud sanctum saturninum dié Jovis, post octavos beati Joannis
« ante Portam-Latinam, anno Domini millesimo, ducentesimo, septuagesimo
« mense maii. »

Ainsi donc les seigneurs de La Tour concèdent à la communauté de
Besse le droit d'y nommer à tout jamais des consuls, et il faut entendre
sous ce nom les magistrats qui étaient à la tête des cités qui s'admi-
nistraient par elles-mêmes et qui existèrent surtout dans les provinces
méridionales de la France, qui avaient emprunté ce mode de municipalité
à l'Italie. Ces consuls étaient nommés par les prud'hommes de la localité
assemblés dans la maison de ville le 1er janvier de chaque année. Ils
étaient nommés pour un an et leurs fonctions étaient purement honori-
fiques. Leurs attributions ne comprenaient pas, comme pour la plupart
des consuls du Midi, l'exercice de la juridiction criminelle ; ils avaient
seulement l'administration et la police de la ville.

Le bayle, c'est-à-dire le représentant du seigneur, dont il est question
dans la charte, était chargé de rendre la justice avec l'assistance des
consuls et de percevoir les impôts et redevances à la charge de la ville,
c'est ce qu'on appelait des bayles seigneuriaux, dits de robe longue ou
petits bayles. Plus tard il y eut à Besse un châtelain. On sait que ce
magistrat était chargé de rendre la justice au nom du seigneur lorsque
ce dernier se trouvait empêché ou ne voulait se déplacer.

Le bayle en entrant en fonctions devait jurer sur les saints évangiles
que loyalement il régirait la ville selon les usages avec les conseils des
prud'hommes communaux.

L'office de bayle était mis aux enchères chaque année par le seigneur et était adjugé au plus offrant et dernier enchérisseur. Il pouvait cependant être dérogé à la mise aux enchères, et je trouve relaté dans des notes écrites par un curé de Besse sur le registre des baptêmes de la paroisse, qu'en 1621 M. Antoine Godivel « a eu le balliage de Murols « de Monsieur d'Estaing, moyennant le prix de 50 pistoles d'Espagne, le « dit seigneur *en ayant refusé davantage d'autres.* »

M. Jaloustre, receveur des domaines à Besse, a fait paraître en 1876 une étude remarquable sur cette charte. Cette étude a été lue à la Société du Musée de Riom, le 28 avril 1876 (1). C'est à ses recherches que nous devons la découverte du manuscrit dont j'ai déjà cité quelques passages, et aussi d'un autre, dont je parlerai plus loin.

Une chose remarquable, c'est l'interdiction rigoureuse contenue dans cette charte du droit d'habiter Besse « aux saints, aux moines, aux « chevaliers et aux serfs », et que cette ville resta l'asile de ces hommes libres qui formèrent la bourgeoisie.

Les habitants étaient dispensés de toutes tailles ou impôts, si ce n'est en cas de mariage à Besse. Dans ce cas, en effet, il était dû un setier de vin, si Bernard de La Tour le demandait.

Chaque citoyen devait personnellement faire la garde ou le guet à la sommation des communiers. Celui qui manquait à cette obligation devait donner six deniers à la commune.

Chaque délit se trouve tarifé dans la charte, et ce fut une grande source de revenus pour les seigneurs, en même temps qu'une sécurité et une garantie pour les communiers, qui ainsi ne se trouvaient plus livrés à l'arbitraire et aux caprices du suzerain.

Il est certain que la charte de Besse accorde à ses habitants une liberté extraordinaire et très rare à ces époques d'oppression, où la force brutale primait tout droit et toute justice. Et quel bien plus précieux pouvait-on leur accorder que ce droit d'acquérir, de transmettre, de tester et de se gouverner avec des lois écrites ! Je suis persuadé que c'est à ce long usage de la liberté que les habitants doivent le caractère fier et indépendant qui les distingue encore aujourd'hui et cet esprit d'hospitalité que tous les étrangers s'accordent à leur reconnaître.

(1) Imprimerie Leboyer, rue Pascal, 3, Riom (Puy-de-Dôme).

CHAPITRE III

FORTIFICATIONS. — BEFFROI. — ÉGLISE. — COLLÈGE DE PRÊTRES.

La France au XIVe siècle eut à subir en même temps les atrocités de l'invasion et les horreurs de la guerre civile. Après la bataille de Poitiers, où le roi Jean fut fait prisonnier, et surtout après la paix honteuse de Brétigny, qui livrait aux Anglais toutes nos provinces occidentales, on vit les *Jacques* ou paysans se battre contre les nobles, les nobles contre les villes, les villes entre elles, et, pour comble de calamités, les gens de guerre, les *routiers*, licenciés depuis la paix, à la solde du premier venu, s'abattre sur les campagnes, pillant et ruinant les villes et les villages.

La nécessité de se protéger aussi bien contre les attaques des Anglais que contre celles des pillards et des seigneurs voisins, décida en 1370 les consuls et les habitants de Besse à édifier, avec la permission de Guy de La Tour, une haute tour carrée, dont les murs avaient deux toises et demie d'épaisseur. Cette tour fut construite à côté de l'église, dont le clocher très élevé fut aussi fortifié. On entoura d'un rempart la tour et l'église. Telles furent les premières fortifications de Besse.

Vers l'année 1373, lorsque les Anglais envahirent l'Auvergne, les notables de Besse, pour plus de sûreté, se retirèrent avec leur famille dans le clocher; ce qui leur valut l'excommunication de l'évêque de Clermont. En 1374, cette excommunication fut levée par Jean de Mello, évêque de Clermont et lieutenant-général pour le roi en Auvergne.

La garnison se composait de cinq cents hommes valides, pris autant parmi les habitants que parmi les gens des villages voisins qui s'étaient réfugiés dans le fort. On n'avait accepté que ceux qui pouvaient justifier d'une provision de farine suffisante pour vivre pendant un an au moins. Le nombre des hommes, composant la garnison, permettait de faire des sorties, sans pour cela laisser la ville en danger.

Ce fort forma toute la défense de Besse jusqu'en 1416 et 1417, dates des lettres-patentes de Charles VI, autorisant les habitants à construire toutes fortifications qu'ils jugeraient nécessaires.

Les seigneurs de La Tour s'emparèrent ensuite de cette forteresse, dont ils firent leur habitation et où ils firent construire une chapelle. Cet ancien fort, qu'on appelait le château, est aujourd'hui occupé par la gendarmerie.

Bertrand de La Tour, grand chambellan du roi Charles VII, obtint de ce monarque, par lettres-patentes datées des années 1436 et 1449, la permission pour les habitants de Besse d'enceindre la ville entière de murailles, portes, fossés, pont-levis et autres fortifications.

Les travaux qui furent faits comportaient trois portes : celle de l'Horloge, existant encore et au-dessus de laquelle s'élève le beffroi : celle de Bessoux et celle de l'Admirat, démolie il y a quarante ou cinquante ans environ et qui se trouvait à côté de l'hôtel de la Providence. On les appelait la porte de la Montagne, la porte de Clermont et la porte de la Limagne. A chaque porte existait une tour à plate-forme avec barbacanes et mâchicoulis. Les murs d'enceinte étaient flanqués de six grosses tours rondes d'une grande hauteur.

Besse, malgré divers sièges soutenus contre les Anglais, et pendant les guerres de religion et la Ligue, n'eut jamais à subir la honte d'une capitulation et les horreurs du sac d'une ville prise d'assaut. Elle resta fidèle au roi et résista à toutes les attaques (1).

De cette époque date le beffroi (en vieux français bafraiz et dans la basse latinité *berefredus, belfredus, belfrogium*, des mots germaniques *berg* et *fried*), à peu près entièrement conservé, et qui récemment avait été classé parmi les monuments historiques. On sait qu'à partir du XIe siècle on donna le nom de beffroi aux tours communales, au sommet desquelles un homme d'armes faisait le guet nuit et jour pour signaler l'approche de l'ennemi. Ces tours avaient aussi une autre destination : elles renfermaient la *bancloque* ou *cloche à ban* (*campanna bannalis*) qui servait à convoquer les consuls et les bourgeois aux assemblées. C'est à dater seulement du XIVe siècle que les beffrois reçurent des horloges avec cadrans extérieurs pour marquer les heures. C'était la bancloque qui servait à sonner le tocsin en cas d'incendie ou de danger imminent.

(1) Mss. Godivel, *Arch. de Besse.*

La cloche, existant actuellement dans le beffroi, et qui sert de timbre à la vieille horloge, ne date que du XVIII° siècle. On lit en effet cette inscription en relief autour de la cloche : « Maria Christus Vincit Chtus » Regnat-Ch. Imperat-Ch. Imperat-Ch. Abomni malo nos deftendat a fal. » Erre et tempestate libera nos domine. The Deum laudamus. Cioseph » et Nicoias Chandeson ft. ierre Besseyre Laboutais, consuls, 1724. Blaise » Serrot ma fete. »

L'église, construite en lave du pays, appartient à l'architecture romane, mais elle a subi de nombreuses réparations et reconstructions dirigées par des ignorants, qui lui ont enlevé une partie de sa valeur artistique. Le chœur, rebâti probablement sous le règne de Louis XIV, ainsi que le fait supposer un écusson représentant un soleil et qui se trouve à la voûte du chœur, jure étrangement par son style du plus mauvais gothique avec la nef centrale qui est du pur style roman. De l'époque de la réédification du chœur, date aussi la chapelle qui se trouve à l'est et où est exposée la statue de la vierge de Vassivière pendant le temps de son séjour à Besse.

Comme dans les églises romanes, les bas côtés font entièrement le tour de l'église. Les chapelles latérales, disposées autour de la nef à côté des collatéraux feraient assigner comme date de construction le XII° siècle. C'est en effet à cette époque que l'on commença à disposer des chapelles le long des *deambulatorium*.

A l'intérieur, la première chose qui frappe est le manque d'élévation, mais si l'on remarque que le fût seul des colonnes, servant à soutenir la voûte, s'élève hors de terre, la base ou piédestal disparaissant presque entièrement, on peut avancer à peu près à coup sûr que dans le principe l'élévation dut être plus grande de toute la hauteur des bases et que cette église, pour une cause quelconque, dut être remblayée à une époque inconnue.

Les sculptures des chapiteaux offrent l'exemple d'un travail grossier et naïf. Un affreux badigeon, dont on a cru de bon goût de recouvrir ces sculptures, empêche de pouvoir nettement distinguer les sujets ou objets que l'artiste a voulu représenter. La plupart, d'ailleurs, se composent de feuilles frisées et d'un faible relief.

Entre les piliers de la nef, des loges fermées en planches à peine dégrossies contenant trois ou six places, et ressemblant assez aux carrés des marchandes de halle, gâtent pour le visiteur le coup d'œil de l'église.

La vue intérieure, sinon le trésor de la fabrique gagnerait beaucoup comme beauté à la disparition de ces places privilégiées.

A l'extérieur, une énorme flèche s'élève au-dessus du clocher. Cette flèche à la silhouette lourde, construite il y a vingt ou vingt-cinq ans, a remplacé un petit clocher de forme à peu près semblable à celui qui se trouve au sommet du beffroi et qui n'était certainement pas le primitif. De cet immense éteignoir sur notre vieille église je ne veux rien dire, l'appréciation des visiteurs sera assez sévère pour l'auteur d'un pareil contre-sens architectural.

Par arrêté du ministre des beaux-arts du 12 juillet 1886, l'église de Besse a été classée parmi les monuments historiques. Espérons donc que les réparations à venir seront dirigées par des hommes compétents, mais malheureusement ils ne pourront faire disparaître les nombreuses traces d'ignorance de leurs prédécesseurs.

Cette église était non seulement paroissiale, mais aussi collégiale, c'est-à-dire qu'elle possédait un chapitre, sans avoir de siège épiscopal.

« Il y fut établi (à Besse) un collège de prêtres pour vaquer au service « de Dieu, lequel depuis son commencement a duré et se maintient en « son institut à la gloire de Dieu et à l'édification du prochain. Bulles « en furent expédiées par le pape Alexandre IV, lettres confirmatives de « monseigneur d'Amboise, évêque de Clermont, conservées dans les « archives de ladite église. » (Mss. Godivel, *Archives de Besse.*)

Ce collège de prêtres dut être fondé vers la fin du XIIe siècle ou dans le commencement du XIIIe. En effet, le pape Alexandre IV, qui en expédia les bulles, d'après le manuscrit, était ce Rinaldo d'Anagni, neveu de Grégoire IX, qui succéda à Innocent IV, et occupa le siège papal de 1254 à 1261.

Cette communauté de prêtres était placée ainsi que l'église sous le patronage de Saint-André. Les membres prenaient les noms de prêtres et filleuls de la communauté de Saint-André-de-Besse.

L'un de ces prêtres, assisté de vicaires, desservait la cure de Besse, qui dépendait *des vénérables doyens et chanoines de la Sainte-Chapelle de la Sainte-Couronne de Vic-le-Comte.*

Chaque année, le 23 juin, *les prêtres et filleuls* du collège de Saint-André se réunissaient, après la cloche sonnée, dans la salle du conseil de la communauté et y nommaient à la pluralité des voix deux *bailes,* qui étaient chargés de régir pendant l'année les affaires temporelles de l'église collégiale et de la communauté. Plus tard, vers le xviii⁰ siècle, ce fut un prêtre de la communauté, que l'on appelait *syndic*, qui remplaça les bailes.

Un prieur était à la tête de la communauté, chargé de la discipline et de la direction des affaires spirituelles.

Chabrol dit que cette communauté était considérable, malheureusement les documents à ce sujet font absolument défaut.

« Du college des pretres sont sortis plusieurs rares devots et vertueuses
« personnes élevés en dignitez des cathedralles et collegealles, au soin, cure
« et regime des ames des fidèles chrétiens de la province d'Auvergne,
« lesquelles ont de tout temps laissé des marques de leur dévotion et zèle au
« service de Dieu, leur mémoire se lit tous les dimanches dans leur église.

« Plusieurs enfans dhonorables maisons ont été si bien morigenés par le
« soin de ses prestres, qui se sont rendus capables d'entrer dans les religions
« les plus saintes et les mieux réglées comme dans celles des chartreux, des
« feuillans, ontheatins, jacobins, minimes, jésuites, capucins, récolets, si
« bien que on peut appeler ledit collège une pépinière pour fournir au public
« des personnes très utiles, les pères dom prieur Vassant, dom Dessées, dom
« Marc Rouget, Coyssard, Vevaux, Ramanier et plusieurs autres.

« Lancienne grande et puissante noble et pieuse maison du compte de
« Boulogne, d'Auvergne et baronnie de la Tour, les predecesseurs de laquelle
« ont été seigneurs temporels de la ditte ville par un long tems, ont désiré
« avoir part aux prieres de ce college, y ayant fonde leur anniversaire et
« obits et une messe quotidienne durant lannée a l'aube du jour afin de
« donner moyen a toutes personnes dy assister avant leur travail et œuvres
« avec le beau préambule inséré au commencement de la fondation *servire*
« *deo regnare, est.*

« Les comptes sont : Bernard de La Tour, Bertrand de La Tour, V. de La
« Tour, Bernard de La Tour, Guidon de La Tour, Gaston de Beaufort,
« Mathieu de Beaufort, etc.

« A leur exemple plusieurs gens nobles leurs vassaux en ont fait de même :
« le sieur de Virot, le sieur de Caulx, le sieur de Soubigny, le sieur de Fabre,
« le sieur de la Chèze, le sieur de la Redeyne, etc.

« Plusieurs confréries y sont été établies du depuis, du Saint-Sacrement de
« la nativité, visitation, rosaire et plusieurs autres.

« Le college de pretres a pour l'ecusson de ses armes la croix de Saint-
« André au reliquaire dargent des apotres où sont conservées les reliques
« du dit saint, la solennité particulièrement chomée et fêtée. (Mss. Godivel.)

« Le père Michel Coyssard, de l'ordre des jésuites, mort à Lyon en 1623,
« après avoir enseigné avec succès à Paris et produit différents ouvrages de
« piété et de littérature qui furent remarqués, était né à Besse.

« Les plus anciens habitans de cette ville sont les Artances, les Morets,
« les Balbessons, Maymaux, Charreyres, Admirats, Denoels, Roisettes, les
« Coques, Vallansons, Vassals, Coyssards, Payrez, Rigauts et plusieurs
« autres bonnes maisons au nombre d'une vingtaine, aux quelles ont donnes
« jusques a mille sept ou huit cent ecus de revennu pour chaqune.

« Cette ville par les soins desdits saints n'a été jamais tachée d'heresie
« quoyque les ennemis de la foy ayent fait leurs efforts de retirer les
« habitants de leur croyance venue de leurs saints devanciers, louange qui
« ne leur est commune avec les autres villes.

« La ditte ville a été de tout tems devote à la vierge Marie en témoignage
« de cette dévotion, la pluspart des autels de son église et principaux
« quarrefours et portes de la ditte ville sont dédiées à la vierge Marie, ses
« images, sous divers mistères posées et au majeur autel son image relevée
« à la ressemblance de celle du Puy.

« Tous les jours de l'année expressement les mercredis et samedis a leglise
« sont celebrées messes de la conception, nativité et visitation de Notre-Dame,
« le salue qu'on chante a la chapelle du rosaire tous les samedis, vigilles de
« ses fetes. Ladvent et Carème les deux chapelles baties a son honneur
« et de plus la devote et miraculeuse chapelle de Vassivière sous le mistere
« de la visitation deux riches reliquaires de Notre-Dame toutes ces marques
« sont autant des témoignages de la devotion de cette ville enver Notre-
« Dame.

« Ver le patron et titulaire de cette église et ville, les gens de la ville et
« habitans sont grandement devots.

« La ville de Besse a eüe cela de particulier qu'elle a été la dernière ville
« ou la coutume de dire trois messes le jour de Saint-Jean, se soit perdue :
« il y a dans l'église un chef d'argent qui represente le chef de saint Jean-
« Baptiste ou sont ses reliques, a savoir de ses cendres et autres, le tout
« conservé dans la ville. (Mss. Godivel.)

« Sa fete solennise huit jours durant avec beaucoup de réjouissance en la
« dévotion de saint Jean-Baptiste. » (Mss. Godivel.)

La fête patronale se trouvait donc le jour de saint Jean-Baptiste,
probablement le 24 juin, jour où l'Eglise célèbre la nativité de ce saint.
La fête se trouve actuellement le dimanche qui suit le 21 septembre,
dimanche où l'on transporte de Vassivière à Besse la statue de la Vierge.
Je ne peux indiquer la date de ce changement, car je n'en trouve mention
nulle part.

Le 28 juillet 1639, furent posés les fondements d'une croix sur la
place de la Gayme, croix élevée aux frais de M. Jean Duchier, greffier et
premier consul de la ville de Besse pour cette année. Ce fut un nommé

Simon Pissouchet, tailleur de pierres, habitant à Serres-Soubranau (Serre-Haut), qui fut chargé du travail.

Sur cette croix fut gravée du côté du crucifix par Guillaume Joanissier, concierge, demeurant au château, l'inscription suivante : « Hac petitur « cordum via qua omnium salus. »

Sur les trois autres côtés on lisait : « Cette croix a été érigée aux frais « et deppens de honorable homme M. Jean Duchier, greffier de Besse, « 1639. »

« Ces inscriptions étaient gravées sur la pierre en façon de marbre par « led. Guilhaume Joanisset en lettres d'or. »

Sur cette croix il y avait d'un côté l'image du crucifix et de l'autre celle de la vierge avec l'enfant Jésus entre ses bras avec un *chapeau* sur la tête. Ces statues étaient en bronze et avaient été données aux prêtres de la communauté et à messieurs de la ville par le neveu du P. Michel Coyssard de la compagnie de Jésus, en 1588, pour être placées sur une croix qu'il voulait faire élever devant la porte de la maison paternelle des Coyssard. Ce dernier avait plusieurs fois envoyé l'argent nécessaire à cette érection à un sieur Michel Coyssard, qui n'en avait jamais rien fait. Il fut employé pour faire les agrafes 50 livres de fer et 150 livres de plomb pour les scellements.

Cette croix a dû disparaître à l'époque de la Révolution.

Moyennant une certaine somme versée par M. Duchier aux prêtres de la communauté, il fut fondé le premier dimanche de chaque mois et à toutes les fêtes de N.-D. une procession à la croix de la Gayme, ainsi qu'une autre à la croix d'un jardin que ce consul possédait à Olpiliaire, et un salut à l'issue des complies le jour de Notre-Dame de Mars.

Une dame Michelle Coyssard, nièce du jésuite P. Coyssard, créa une autre procession à la croix de la Gayme le jour de la fête de sainte Anne (1).

Le mèze ou mezeix, terrain communal qui se trouve au-dessus de la route de Besse à Condat, et qui depuis une dizaine d'années a été planté d'ormeaux, avait été boisé autrefois. Le 23 février 1639, les consuls firent abattre un gros orme parmi ceux qui se trouvaient plantés au mezeix.

Il en restait plusieurs autres, et les consuls la même année, le premier

(1) Ces renseignements ont été trouvés écrits en marge du registre des actes de baptème de l'église de Besse par un nommé Prade, vicaire de cette église, qui avait l'habitude d'insérer la relation des événements qui l'avaient frappé.

jour du carême, firent planter sept arbres de diverses essences par un nommé Taravelle de Thioleyre.

D'après l'histoire inédite des communes du Puy-de-Dôme, de Bouillet, il existait à Besse, avant 1789, deux corporations, l'une de marchands portant sur sa bannière : d'azur à un Saint-Louis, roi de France, d'or, tenant en sa main dextre le bâton royal et en sa main gauche la main de justice, et l'autre de notaires, dont la bannière portait d'azur aux deux écritoires d'argent posés en sautoir, accompagnées en chef d'une bourse d'argent couchée de fasce.

CHAPITRE IV

FAMINE DE 1693 ET 1694

La grande famine, qui eut lieu en France sous le règne de Louis XIV, de 1692 à 1695, se fit vivement ressentir à Besse. Un manuscrit, trouvé comme celui dont j'ai déjà cité de nombreux passages, parmi les papiers de la famille Godivel, par M. Jaloustre, relate des faits extrêmement curieux et des remarques très intéressantes sur cette famine en Auvergne et particulièrement à Besse. Je ne crois pouvoir mieux faire que de le transcrire littéralement ici :

« Liuvre des remarques que j'ay faictes despuis les années 1685, 86, 87,
« 88, 89, 90, 91, 92, 93, 94, 95, 96, 97, 98, 99, 1700, 1701, 1702, sur la
« bondance et la dizete des grains et generalement de toutes sortes de fruicts,
« pour les guerres je le laisse soubz le cilence atandu que le nouvel ystoire
« en parlera sufizamant et deune maniere plus interligible que je ne seaurois
« le descripre, comme aussy des grands impotz que le peuple a soufert
« cauzée par la famine on a jamais ouy dire par aucune adraditition ny
« histoire que les danrees ce soint vendue sey cheremant comme eles
« ce vendoit pour lors cy ce nest par un histoire fort ancien, lorsque
« Vespasin et Titus son fils, empereur romain pourssuivoit les Yuïf pour ce
« venger contre eux de la mort de N.-S. Jesus-Christ lors de la destruction
« de Jerusalem quarante ans après la mor de Jesus-Christ et il est dict dans
« le dict histoire que le bled valut dans hierrusalem jusques a quarante
« liuvres le septiers. Et je noy appris cella que par tradition et lon naura pas
« dict d'autres chozes dignes de remarques mais pour tout ce que je raporte
« dans le présent liuvre sont des chozes que jay veue et ressentie comme le
« reste du peuple de toute sorte d'Estat escleziastique et sceculiers.
« Premierent l'année 1685 et 86 on navois jamais veu une abondance
« parelie pour le bled et le vin et de toute sortes de fruicts et la paix fort
« unie entre les prince.
« Pour commancer par le prix des danrees, je vous diray qui il iavoit une
« sey grande qualité de fromant et de bled consoigle que la liuvre du pain

« de froman ne ce vendit pandant lesd. deux années que huict deniers et
« neuf deniers la liuvre, le pain de tourte ne ce vendoit que un liard la
« liuvre. Enfin pour ce qu'il regarde les legum ils estoin à proportion comme
« le fromant qui ce vendoit six liuvres, cinq liuvres dix sol le septier et
« quant au soigle et consoigle trois liuvres, trois liuvres dix et pour celluy de
« ce pais cinquante, cinquante cinq sols le septiers, lavoine a proportion et
« quant à la carte de sel elle ne ce vendoit que 55-58 sol la carte.

« Le quintal de fromage ne ce vendoit que 12^l 10^l 15^l le beurre 16^l 17 le
« quintal ou environ, l'huile de noix sur le mesme prix ou a peuprès ; l'huile
« d'olive à 25^l le quintal ou environ et a proportion toutes les autres
« danrées.

« Et quant au vin illi en avoit une sey grande quantité que bien de
« personne qui avoit grand quantité de tonneaux estoint néanmoins en pene
« de le placer ceux personnes de qui je parle sont des richard de Limagnie
« qui ont quantité de vignies et liavoit une sey grande abondance de vin
« quil ne ce vendoit dans cette ville de besse que 8^d 10^d la carte deun vin
« que l'on ne seauroit soyter en boire de melieurs dan la Ligmagnie.
« Mr Monet de Saint-Germain Lambron fust aubligé de faire faire une très
« grande quantité deau de vie ne sachan ou placer son vin et les particulier
« du voyssinage de Saint-Germain luy aportoit le vin dans la telier ou l'on
« fezoit l'eau de vie a deux sols 6^d le potz et la plus grande partie ne le
« vendoit que 2 sols le potz card moymesme qui vous parle je me soviens
« que dans ce temps la nous en avions dans un domaine que nous avons
« au breul pres de Saint-Germain une sey grande quantité pour le peu de
« vignie que nous y avons que nous estions comme bien d'autres embarassé
« ou le placer attandu quil mauroit cousté plus de faire aporter que ne leusse
« achepté tout porté par des geans qui en venoit vendre de la ligmagnie
« dans ceste ville ; et infin nous fusmes obligé de le vendre comme les
« autres. Et sey lon avoit pas trouvé la debite cheu M. Monnet bien des
« personnes anoroit esté obligé de le répandre par terre comme lon fezoit
« dans beau coup d'autres endroict ; et mesme el marché que un certein
« M. du Costé dorcept pres des martres de vayre fezant batir dans un endroict
« ou l'eau estoit fort rare ce M^r fist mestre une grande qualité de vin pour
« détramper la chaur et le sable. Enfin cestoit une abondansse que lon ne
« peut exprimer qui commensa despuis 85 jusques en 88 apres cella nous
« eumes en 1689 une augumentation de bled la recorte nayant pas esté sey
« bonne que les autres le vien ne fust pas sey bon car il lieu de la pene a
« meurir et ce vendoit 20^s le pot a la limanie. Les peuples comenssent à estre
« bien fatigué par les augumentation des tallies ustansilles et les milisses
« que lon obligeois les paroisses de fairre aux despens des habitans ; quoyque
« tout cella estoit peu de choze en comparaizon de tout ce qui est arrives
« despuis ; lannée suivante 1680 jusques en 1694 il est a remarquer que le
« bled, le vin, toutes les autres danrées valurent bien de l'argent les bestiaux

« ce vendoit assez chèrement attandu quil hy avoit des commissaires du roy
« qui venoit pour achepter les bestiaux de graisse, vaches et bœuf ce quil
« fist que pluzieurs maizons senrichirent lon conduizoit lesd. bestiaux dans
« les païs des armées pour nourrir les troupes du roy, le fromage de yeyde
« de montagnie ce vendoit a la desente quatorze liuvres le quintal, le beurre
« 18¹ 19ˢ le quintal cella dura ceux deux années de 1690 et 1691 ; le peuple
« desbitoit fort habilement toutes leurs danrées et vivoit assez comodement
« quoyque lon payasse dassez grands impotz ; il faut aussy remarquer que
« l'année suivante 1692, 1693, 1694, il ne cest jamais ouy dire ny par
« tradition ny par des remarques que nos hasseins on faict des chozes les
« plus remarquables que lon naye veu despuis la création du monde jusques
« apresent veu les chores sey remarquables et sey sensibles que celles que
« nous avons veu dans lesd. trois années qui ont faict mourir par leurs
« estérilités un nombre de peuples innombrables dans pluzieurs proveinsses
« mais particulièrement en Fransse ; pour vous en bien faire lesplications de
« tout ce qui cy est passé il faut commensser premièrement de vous dire que
« la guerre ce fezoit par nostre roy Louis quatorze contre pluzieurs roy,
« prinsse et monarques de pluzieurs provienssе, quant a la guerre listoyre
« en parlera assez sans que je en parle, et pour cest effait tout les peuples
« estoit obligé de toute sorte destat prestres, religeux rentes religeuzes de
« payer des contributions très grandes ; il falut vendre presque toutes les
« dorures, argenteries des églises par ordre du roy pour rendre les monoyes
« plus comunes, pour faire des fontes desd. dorures et argenteries. Il y eu
« pluzieurs religieuze qui furent obligée de quitter leurs monastaires ;
« comme celles de Saint-Amand Talandre, Sainte-Claire de Clermont, Saint-
« Benoid dyssoyre et pluzieurs autres ; je me contante de vous desnommer
« ceux trois comme estant que dans nostre voyzinage, leurs parens estoit
« obligé de les nourrir ceux qui en avoit la commodité et de les retirer cheux
« eux. Et pour celles qui n'avait pas de parent en commodité de les nourir
« elles estoit obligée de ce retirer dans des boure et villages pour
« enseignier les jeunnes filles et par ce moyen trouver de quoy a se nourir.
« Enfein cella fezoit compation de voir ceux pauvres fillies dan les rues, il
« sembloit quelles estoit tonbées du ciel en terre de ce voir parmy les
« peuples, ayant a consumé une vie solitaire je vous laisse a penser quelle
« dezolation cestoit pour ceux qui en avoit et pour les remettres dans leur
« couvend il faloit leur donner de quoy a sce nourir attandu que le roy leur
« faizoit payer des dixièmes capitations exorbitantes cy bien que a tout les
« autres peuples. La recorte de lad. année 1692 fust assez médiocre le bled ce
« vendoit 10¹ le septier le vin estoit aussy assez cher en ce que les vignies
« furent gellés au printans et la plus grande parties du vieux cepant ce
« perdit lon fus obligé den faire aracher une grande partie il n'y eu pas
« presque du frui et les noyer furent gellés et par conséquant lhuile bien
« cher.

« L'année suivante 1693 la recorte fust à peupres de mesme et le peu de
« vin qui l'y eu fust mellieur que l'année auparavant mais bien cher, la
« saumme de vendange ce vendoit 7¹ 8ˢ le pot de vin 30ˢ 35ˢ, à la cave, le
« bled 13¹ 14¹ 17¹ pendant le coullant de lad. année au que toutes les autres
« prezecution des impotz pour le bestail le fromage, beurre ce vendoit bien
« et launée suivante 1694 les pauvres peuples furent obligé pour ce sauver
« la vie de vendre leurs bestiaux, leur meuble de maizon, single, lict, habi,
« veissaile, enfein généralement tout ce qu'ils avoit pour garantir leur vie.
« Enfein je ne crois pas que illiaye un homme sey esloquant quil puisse
« estre de pouvoir trouver des termes assez expresif pour exprimer combien
« les pauvres peuples soufrirent. Le bled commenssa au mois de décembre
« de 93 à valoir presques a 17¹ le septier et alla toujour en augmentant jusques
« a la moisson ; le dernier bled qui ce vendit dans Besse fust achepté sur le
« pied de quarante deux liuvres le septier, mais le pri ordinaire qui avoit
« duré environ un mois estoit de 35 à 40 liuvres le septier. Enfein cy les
« moissons avoit retardé autres quinze jours il ny auroit pas eu trois
« maizon dans ceste ville qui eussent mangé du pein ne pouvant plus trouver
« du bled a achepter il y avoit des nombres inombrables de familie dans
« lauvergne qui ne mangerent pas du pein plus de deux mois les autres de
« trois. Enfein de plus ou de moient ceux qui avoit des bestiaux mangeoit le
« laict il ly avoit grand quantité de laict sen cella les peyzant bien dautres
« ceroit mort ; on mangeoit les fromages que lon vend sans pein, on ne
« vivoit que de caliet de fromage blanc ausitot que lon les avoit faict les
« pauvres mangeoit de lerbe dans les pré a poniees et surtout de celle qui
« sapelle langue de bœuf, des orties il s'en fezoit de la souppe. Devoir le
« vizage des pauvres il sembloit quils avoit demuré trois mois ensevely dans
« la terre il mouroit la plus part de foiblesse dans les rues ; l'on fust obligé
« de taxer les maizons qui estoit en commodité de pouvoir donner laumone
« dans ceste ville, les uns a 10¹ les autres a 15¹. Enfin plus ou moiens selon
« leur commodité par mois et lon nan fezoit la leuvée comme de la
« tallie. J'ai heu lh honneur moy qui vous parle dan faire la leuvée aveque
« dautres de nos messieurs de nostre ville de Besse, duquel argent nous en
« nacheptions du pein que lon distribuet deux fois la semene dans toutes les
« famillies des pauvres ; lon avoit faict un catalogue du nombre des
« perssonnes quil ly avoit dans chasque familie et lon donnoit par jour une
« liuvre de pein par perssonne de chasque familie cest ordre dura environ
« trois mois, et cestoit seulement pour les pauvres de la ville et paroisse, en
« suite on dispersa les pauvres par ordre dans les maizon qui pouvoit les
« nourir scavoir les uns trois les autres quatres enfein suivant ses facultés
« cella dura environ un autre mois et comme cella on nan garanty un grand
« nombre qui ceroit mort par la fein, a Clermon on nan trouvait dans les
« cor de garde tous les jours 20, 30 de mort sur les fumiers de la ville or la
« ville dans les rues ; on naministroit les sacrements a ceux pauvres qui

« mouroit de faiblesses il y avoit des charetiers qui ramassoit ceux cadavres
« et après il les portoit dans les cor de garde et l'on les metois dans le
« suaire ensuitte de quoy on les ensevelisait lon fezoit de grandes fosses pour
« en nanterer pluzieurs à la fois et quant on donnoit a manger ceux qui
« demandoit dans les rues la pluspart mouroit dabors quils avoit mangé
« tellement il avoit les entrallies serrées il faudroit des rames entières de
« papier pour vous dirre et exprimer la terrible mizère de ceste année du
« costé danber et dans pluzieurs autres endrois lon fezoit secher la rassine
« de fogere ensuite ou le fezoit moudre et on nan fezoit du pein que lon
« sortoit vendre dans la paroisse les dimanche et autres jour de feste aux
« portes des esglizes et les peuples a l'issue de la messe et vespre acheptoit
« ledit pein pour sempecher de mourir on le vendoit deux sols piesses, il
« povoit estre de la pezauteur de une liuvre et demy card les perssonnes qui
« lon veu et qui en ont mangé me lont dict a moymesme. Estant alés dans
« une paroisse appelée Saint-Bonnet a deux lieux au dessous dambert et
« minforment de quelle manière avoit vescu les peuples lannée de la charté
« des vivres et me dirent une choze bien plus sensible, qui est que un
« nommé Piliaraud deun village despendant de la dite paroisse qui est une
« terre appartenant à Monsieur de Montpentier seigneur du Breuil que le dit
« Piliaraud ayant enssevely un de ses enfans estant mort deune maladie qui
« navoit duré que peu de jours led. enfant estant seulement agée denviron
« quinze mois que son père ou autre de sa maizou lavoit esté desentéré et
« lavoit raporté cheux eux la nuict pour le menger. On vist le lendemain
« matin que l'endroict ou avait esté ensevely lenfant estoit tout descouvert
« de quoy lon fust fort surpris, lon sinforma de quoy pouvait estre devenu
« ce petit cadavre cependant lon nan pouvoit rien savoir ; de lun a l'autre
« comme font les bruis de pareil cas en firent repandre la nouvelle dans bien
« d'endroict et lon remarqua que sa famille demura dans un grand silensse
« ce qui donna lieu de juger quils en scavoit des particularité plus grande
« que le reste des peuples ; dabord les officiers se portèrent dans led.
« village et dans la maizon dud. Piliarod, ou il trouverent encore quelque
« reste du corps dudit enfans noyans pas eu le themps ou la forsse dachever
« de le menger ; on se soyzit de toutes les perssonnes de la maizon et lon les
« conduzit en prison ou ils resterent card le perre ou le frere y moururent
« bien peu de themps appres. La memoire ne me fourny pas bien sey cest le
« pere ou le frere mais cest leun des deux. Et tout le reste de cette famille
« peri peut de themps appres. Et la raizou pourquoy lon fus encorre plus
« surpris du silence de ceux pauvres gens cest quil tenoit leur portes serrée
« ce qu'il donna lieu de soupçonner quil faloit quil ce sentissent coupable
« attandu qu'il ne fezoit pas comme naturellement lon doit fairre dans pareil
« cas ; ceste terible acqtion vous paroistra peut estre inventtée pour vous
« exprimer en quel degré la mizerre regnoit parmy les peuples pour en
« venir dans de parellie extremité cependant des perssonnes digne de foy

« mont assuré que cella estoit tres véritable ayant esté moymesme audit
« lieu de Saint-Bonnet pour quelques affaires que je avois avecque madame
« de Monpentier, et comme je minformé dans la converssation de quelle
« manière vivoit les pauvres peuples dans se quartier lon masura de ce que
« je viens de vous dire touchan le pein de faugere et la terrible action qui
« fust faicte que de desenterer lenfen que je viens de vous marquer pour le
« menger, juges à quel degré les peuples estoit réduit. Ce sont des actions
« qui surpassent la nature humene et je vous laisse appensser combien il
« cest passé de teribles chozes dans les provcinsses, qui souffroit la mesme
« mizère que nous et peut estre de plus grande comme dans les endroict ou
« lon ne peu pas nourir des bestiaux, puisque cestoit par le moyen du laict
« que les trois quart des peuples des montagnies dauvergnie ce garantirent
« y lis avoit des pauvres petis enfans qui avoit des petit baston poientu deun
« costé qui desentrois les feves et autres legum apres que lon avoit
« ensemenssé les terres ; mais tous le monde estoit sey fortement oppressé
« par la mizère que lon nauzoit pas seulement leur en faire le moeindre
« chastiment car les personnes qui lont veu dans la ligmanie menont assuré
« et j'ay trouvé le procédé bien bon de ceux personnes que ne pas chastier
« ceux pauvres enfans qui navoit autres intention que de ce pouvoir sauver
« la vie et je ne doubte nullement que Dieu ne fist produire une plus grande
« recorte dans ceste terre ou les pauvres avoit enlevés une partie de la
« semensse pour sauver leur vie, attandu que les propriétaires des dites
« terres lavoit soufert aveque patience, car nostre seigneur nous dict luy
« mesme dans pluzieurs passages de la Sainte Ecriture que celluy qui
« donnera un escu surement pour l'amour de luy en recevra au centuple.
« Ce qui faict que je jugé aveque bien de la raison que ceux terres
« produizirent des recortes abondantes.

Les registres des baptêmes, mariages et sépultures de la paroisse de
Besse accusent, en 1690, 23 décès ; en 1691, 30 ; en 1692, 57 ; en 1693, 75 ;
en 1694, 185 ; en 1695, 20 ; en 1696, 33. On voit que la mortalité s'élevait à
compter de 1692 et atteignait le chiffre énorme de 185 en 1694. La
moyenne normale reparaît aussitôt l'année 1695. La curiosité nous a
poussé à rechercher, pour cette année 1694, l'âge des décédés. Les 185 décès
se décomposent ainsi : 55 personnes de 60 ans et au-dessus, 44 de 40 à 60,
33 de 20 à 40 et 53 de 1 à 20. On voit donc que ce sont les plus faibles,
les vieillards et les enfants, qui payèrent le plus large tribut.

CHAPITRE V

HÔPITAL DE SAINT-JOSEPH

En 1700 environ, Madame la comtesse de Broglie fonda à Besse une maison de charité, destinée à donner aux pauvres les secours nécessaires.

Le 28 juillet 1714, le corps consulaire de la ville de Besse se réunit pour délibérer au sujet de la transformation à opérer en hôpital de cette maison de charité.

Voici la copie de cette délibération et des résolutions qui y furent prises, ainsi que l'énumération des ressources dudit hôpital.

« L'an mille sept cents quatorze et le vingt-huitᵉ jour du mois de juillet,
« assemblée a esté faite de Mʳˢ du corps consulaire de cette ville de Besse, a la
« diligence de messieurs les mayres et consuls de la ditte ville a laquelle ont
« assistés messieurs Léger Besseyre, conseiller du roy, chastellain de la ditte
« ville, Louis Babut, procureur, Guilhaume Palut, consuls, Jacques Coallion,
« Nicolas Fohet, consuls jadis, Jean Daudhung, Jean Verny, Jean Couches,
« Pierre Admirat, Michel Pissevin, Pierre Besseyre Laboutay, Anthoine
« Admirat, Michel Besseyre, Pierre Bourbon, Jean Chalet, Jacques Henry
« Hours et Guilhaume Ribeyre.
« Ausquels a esté resmontré par les dits sieurs mayres et consuls que
« depuis plus de quinze ans madame la comtesse de Broglie a estably en
« cette dite ville une maison de charité pour le soulagement des pauvres de
« la ditte ville et paroisse dicelle quy sont toujours en très grand nombre à
« cause de la stérilité du pays seitué dans les plus hautes et plus ruddes
« montagnes dauvergne et dans l'impossibilité ou sont les pauvres pendant
« lyver quy y dure neuf mois de l'année dy travailher ny gaigner leur vie et
« que outre les pauvres de la ditte parroisse et ville il y vient plusieurs autres
« pauvres étrangers mesmes plusieurs soldats et gence de guerre quy nayant
« dautre refuge et surtout dans le temps d'hiver sont obligés de se réfuger dans
« la ditte ville et que mesme depuis l'establissement de la ditte charitté
« plusieurs personnes persuadés du solagement quen ont reçu et reçoivent
« journellement un grand nombre de pauvres quy auroient péris sans le

« secours qu'ils en ont reçu ont fait déjà des dons considérables pour faire
« subcister la ditte charitté et que plusieurs autres fairoient encore des plus
« abondantes omones sy on obtenoit de Sa Majesté des lettres patantes pour
« affermir la ditte maison et luy accorder les privilèges quelle a coustume de
« donner aux autres hospitaux établys dans le royaume et que ainsy il seroit
« expédiant pour le bien des dits pauvres tant de la ditte ville et paroisse que
« des estrangers davoir recours à Sa Majesté pour en obtenir les dittes lettres
« pattantes et dautant mieux qu'il y a déjà un fond assez considérable pour
« l'establissement dun hôpital qui consiste premièrement en un contrat de
« rente de la somme de quinze livres consanty par Michel Espinasse, le
« 28 octobre 1705.

« Plus en un domaine au village de Chastres paroisse de Colamines, le
« Puy acquis par denet le 26e may 1696 affermé.

« Plus un contrat de rente contre Pierre.... de la somme de trois livres
« sept.... deniers du 25 juillet 1686.

« Plus un contrat de rente contre.... de la somme de seize livres du
« 5e décembre 1679.

« Plus un contrat de rente de la somme de quarante-deux livres dix sols
« contre Michel Prat du 5e décembre 1698.

« Plus un contrat de rente contre Louis Besseyre de la somme de dix
« livres du 15 décembre 1696.

« Plus un jugement portant condempnation contre les sieurs Chandezon de
« Chavalières pour la somme de huit cents livres et intérêts d'icelle.

« Plus une obligation contre Jean Verny de la somme de soixante livres
« du segond octobre 1685.

« Plus la somme de cinquante livres dhue par la succession de feu
« Jacques Berthelage.

« Plus une obligation contre Jeanne Feydin de la somme de cinquante
« livres du troise may mil six cent quatre-vingt-dix.

« Plus une obligation de la somme de quatre-vingt-dix-neuf livres contre
« Guiotte Rouget du quinze avril 1690.

« Plus une condempnation contre Antoine Fohet de la somme de cinquante
« livres et intérés d'icelle du 13 août 1699.

« Plus un jugement contre Jacques Bresson pour la somme de trente
« livres du vingt-sixième octobre 1696.

« Plus un jugement contre François Rouget et Charlotte Coyssard pour la
« somme de quatre-vingt-quatre livres et intérêts d'icelle du dernier août 1690.

« Plus la somme de trois cents livres dhue par les héritiers de feu
« Mr François Legrand suivant son testament du mois de décembre dernier.

« Plus la maison et jardins ou logent a présant les pauvres où ils sont assez
« commodément, le tout estant du revenu annuel de la somme de deux cent
« soixante traize livres onze sols sans y comprendre les maisons et jardins
« cy-dessus mentionnés.

« Sur quoy après que le dit corps consulaire a lieu meurement examiné
« tout ce qui a esté ci-dessus exposé et les tiltres de rente est deubt a la ditte
« charité qui est assez considérable pour lestablissement dun hopital et
« touchés tant des raisons cy-dessus déduites que d'autres esgalement fortes,
« ils ont unanimement dit et deslibéré qu'il est a propos de ne pas perdre un
« moment et de faire tous efforts nécessaires pour obtenir de Sa Majesté des
« lettres pattantes pour lestablissement d'un hôpital en cette ville aveq les
« privilèges ordinaires que Sa Majesté accorde aux hôpitaux et pour cest effait
« obtention dicelle ils ont fait créé et constituer leur procureur général,
« spécial et hyrevocable.

« M.

« Auquel ils donnent plain pouvoir dagir, donner requete et enfin faire
« toutes autres actes requizes et nécessaires pour l'obtantion des dittes lettres
« pattantes de Sa Majesté promettant ne désavouer ny révoquer ainsi advoir
« le tout pour agréable apayne && obligeant rendre dépans &&, renoncer
« &&, soubmis.

« Fait et deslibéré le dit jour étan en présense de Jean Callier et Michel
« Rivet marchand dudit Besse soubsignés aveq les dits sieurs maire et
« consuls déliberans. Et à l'original des présentes sont signés : Besseyre,
« maire, Babut, Palut, Verny, Coalhion, Besseyre, Besseyre, Laboutay,
« Couches, Pissevin, Admirat, Chalet, Ribeyre, Fohet, Rivet, Callier et
« Fournier, secrétaire et notaire royal.

« Et plus bas y a controllé à Besse le trante juillet mil sept cent quatorze et
« a signé Julhiard commis et par lui reçu douze sols trois deniers.

« Expédié ausdits sieurs maires et consuls le requérant. A signé Fournier
« notaire royal et secrétaire de la ville.

« Nous Léger Besseyre advocat au Parlement et premier juge et chatelain
« de la ville de Besse certifions à tous qu'il appartiendra que le sieur Fournier
« qui a signé l'expédition de l'acte délibératoire du corps consulaire.... (1). »

Au mois d'août 1715, Louis XIV, par lettres-patentes datées de Marly,
autorisa la création de cet hôpital, en le dispensant de tout impôt ou
redevance, à la condition que le service en serait fait par des filles, choisies
par les administrateurs qui *ne pourraient jamais faire de vœux ny
corps de communauté*. Un original sur parchemin revêtu de la signature
de Louis XIV et scellé du grand sceau royal en scire verte sur lacets de
soie rouge et verte, existe aux archives de l'hôpital. Ce sceau d'un côté
représente les armes de France (trois fleurs de lys d'or), et de l'autre le
roi sur son trône avec les insignes de la dignité souveraine (manteau royal,
sceptre, couronne). En voici la copie littérale :

(1) *Archives de l'hôpital de Besse.* Le reste de ce certificat est déchiré. C'était probablement une
simple légalisation de signature.

« Soixante-une livres cinq sols, signé illisiblement.

« Louis par la grâce de Dieu roy de france et de navarre a tous présens et
« avenir salut. Notre chère et bien aimée la dame contesse de Broglie nous a fait
« represanter qu'il y a quinze ans ou environ qu'elle auroit étably dans la
« ville de Besse en notre province d'Auvergne, une maison de charité pour
« y donner aux pauvres les secours dont ils pourroient avoir besoin, mais
« que depuis ce temps là elle a trouvé qu'il seroit également convenable pour
« le bien du païs et pour le plus grand soulagement des pauvres de faire de
« cette maison un hôpital dans toutes les formes en ce que ce païs qui est un
« païs de montagne étant des plus stérils et l'hiver y étant ordinairement
« fort long, les pauvres se trouvent le plus souvent hors d'état de gagner leur
« vie dans la campagne et sont obligés pour cette raison de se réfugier dans
« la ville pour y chercher le moyen de pouvoir subsister; que ce dessein
« ayant été communiqué à la communauté des habitants de Besse par les
« maire et consuls de cette ville dans une assemblée générale tenue à cet
« effet, il y avait été unanimement aprouvé consenty par une délibération du
« vingt-neuf janvier de l'année dernière et qu'en effet l'établissement
« d'un hôpital dans cet endroit étoit dautant plus avantageux qu'il étoit très
« en état de pouvoir subsister, les revenus dont les pauvres jouissent
« actuellement montant a plus de six cens livres sans compter la maison et
« le jardin qu'ils occupent, une somme de deux mille livres ou environ qui
« leur est due par différans particuliers, et les aumônes journalières qui
« leur sont faites. Et comme d'ailleurs il y a encore plusieurs personnes qui
« seroient dans la disposition de contribuer à la fondation et augmentation
« de cet hôpital s'il nous plaisoit d'en autoriser l'établissement, la dite dame
« comtesse de Broglie nous a très humblement fait suplier de vouloir luy
« accorder nos lettres patentes sur ce nécessaires. A ces causes et autres
« considérations à ce nous mouvans, désirant contribuer autant qu'il dépend
« de nous à un établissement si utile et donner des marques de la satisfaction
« singulière que nous avons de voir notre zèle pour le soulagement des
« pauvres si heureusement secondé par les bonnes intentions et la charité
« de nos sujets; de l'avis de notre conseil qui a veu l'acte de consentement
« des maires consuls et habitans de la ville de Besse du vingt-neuf janvier
« 1714 et avec les autres pièces nécessaires attachez sous le contre scel de
« notre chancélerie de notre grace spéciale pleine puissance et autorité royale,
« nous avons loué, aprouvé, autorisé et confirmé, louons, aprouvons,
« autorisons et confirmons par ces présentes signées de notre main,
« l'établissement et fondation d'un hôpital dans la ville de Besse, au lieu de
« la maison de charité qui a subsisté jusqu'à présent, voulons que cet
« hôpital jouisse des mêmes droits, concessions et privilèges accordez aux
« maisons de pareille nature et que les administrateurs d'icelluy puissent
« recevoir pour lui et en son nom tous les dons, legs, gratifications,
« libéralités, aumônes et autres dispositions qui seront faites en sa faveur,

« soit par testamens, codiciles, donations entre vifs ou à cause de mort ou
« autrement de quelque manière que ce soit, même en faire les acceptations,
« demandes, poursuites et recouvremens nécessaires. Enjoignons à tous
« curés, notaires, tabellions et autres qu'il appartiendra d'envoyer incessam-
« ment au dit hôpital des extraits des actes contenant les dispositions faites
« à son profit, à peine d'en répondre en leurs propres et privés noms et
« de tous dépens, dommages et intérêts, avons amorty et amortissons
« l'étendue seulement des batimens, cour, jardins et enclos du dit hopital
« comme dédiez à Dieu et consacrez au service des pauvres, sans que pour
« raison de ce il soit tenu de nous payer, ny à nos successeurs rois aucune
« finance ou indemnité, dont en tant que besoin seroit nous luy avons fait
« don et remise a quelque somme qu'elles puissent monter sauf néanmoins
« et sans préjudice des droits immunitez et devoirs dus à d'autres seigneurs
« que nous déclarons pareillement le dit hopital exempt de tous droits de
« guet et garde, fortifications, fermeture de ville et fauxbourg même de
« logement de gens de guerre à condition toutesfois que les filles qui seront
« successivement choisies pour desservir cette maison, soit maintenant par
« la dite dame contesse de Broglie, soit dans la suite par les administrateurs,
« *ne pourront jamais faire de vœux ny corps de communauté* se donnant
« en mandement à mes aimez et feaux conseillers les gens tenans notre cour
« de parlement à Paris, Chambre des comptes au dit lieu, Cour des aydes
« à Clermont-Ferrand, présidens, trésoriers de France, généraux de nos
« finances et autres, nos officiers et justiciers qu'il appartiendra que ces
« présantes ils ayent a enregistrer et faire exécuter selon leur forme et teneur.
« Pour par la dite exposante ainsi que par le dit hopital jouir du contenu
« en icelle pleinement et paisiblement et perpétuellement, cessant et faisant
« cesser tous troubles et empeschemens contraires. Car tel est notre plaisir,
« et enfin que ce soit chose ferme et stable à toujours, nous avons fait mettre
« notre scel à ces dites presantes. Données à Marly au mois d'aoust l'an de
« grâce mil sept cens quinze et de notre règne le soixante-treizième.

« Signé LOUIS.

« Ces présentes ont été enregistrées au Greffe de la Cour des aydes de
« Clermont-Ferrand pour estre exécutées selon leur forme et teneur et jouir
« par le dit hôpital et les administrateurs d'yceluy pendant leurs charges des
« privilèges et exemptions portés par les dites lettres suivant l'arrest de la
« dite cour de ce jourd'huy dixiesme septembre mil sept cens seize.

« Signé GALOUBIE, greffier.

« Au greffe. . . . . . . douze livres controllé six livres.

« Aux Boursses de Monsieur Vasse.

« Par le roy, signé PHELYPEAUX.

« Les dites lettres pattentes ont été enregistrées au greffe du Bureau des
« finances de la Généralité de Riom ouy et ce requérant le procureur de
« Sa Majesté et le rapport de sieur de Varennes de Champfleury, trésorier
« général de France, pour estre exécutées selon leur forme et teneur et pour
« jouir par la dite impétrante et les pauvres de la dite ville de Besse de l'effet
« et contenu en icelles.

« Fait le vendredy quinze may mil seize cent seize.

« Signé ROFFET, greffier.

« Visa Vigsin. Pour confirmation d'èstablissement d'hospital à Besse.

« Signé PHELIPEAUX. »

A la date du 10 septembre 1716 la cour des Aydes de Clermónt-
Ferrand enregistra les lettres-patentes ci-dessus et voici la teneur de la
copie, conservée à l'hôpital de Besse :

« Veu par la Cour des lettres patentes du roy donnés à Marly au mois
« d'aoust de l'année dernière mil sept cent quinze, signées Louis et sur le
« reply par le roy Phelypeaux et scellées du grand sceau de cire verte sur
« lacés de soye rouge et verte, par lesquelles et pour les causes et
« considérations y contenues Sa Majesté auroit approuvé, authorisé
« et confirmé l'établissement et fondation qui a esté faitte d'un
« hopital dans la ville de Besse au lieu de la maison de charité qui y estoit
« establye, et qui a subsisté jusqu'a présent, voulant Sa Majesté que ledit
« hopital jouisse des mêmes droits, concessions et privilèges accordés aux
« maisons de pareille nature et que les administrateurs dy celuy puissent
« recevoir pour luy et en son nom tous les dons, legs, gratifications,
« libéralités, aumônes et autres dispositions qui seront faites en sa faveur,
« soit par testament, codiciles, donnations entre vifs à cause de mort ou
« autrement de quelque manière que ce soit, même en faire les acceptations,
« demandes, poursuites et recouvrements nécessaires, enjoint sa majesté à
« tous curés, nottaires, tabellions et autres qu'il appartiendra d'envoyer
« incessamment au dit hopital des extraits des actes contenant les dispositions
« faites à son proffit à peine d'en répondre en leurs propres et privés noms
« et de tous despens, dommages et intérest, auroit aussy sa majesté amorty
« l'étendue seulement des batiment, cour, jardins et enclos du dit hopital
« comme dédié à Dieu et consacré au service des pauvres sans que pour
« raison de ce il soit tenu de lui payer ni a ses successeurs roys aucune
« finance ou indemnité dont sa majesté en auroit fait don et remise à quelques
« sommes qu'elles puissent monter, déclare pareillement le dit hopital
« exempt de tous droits de guet et garde, fortifications, fermeture de ville
« et fausbourgs, même des logemens des gens de guerre à condition toulte
« fois que les filles qui seront successivement choisies pour desservir cette

« maison soit maintenant par la dame comtesse de Broglie, soit dans la suite
« par les administrateurs ne pourront jamais faire de vœux ni corps de
« communauté ainsy que le tout est plus amplement exprimé par les dittes
« lettres patentes, la cour adressant pour l'enregistrement dycelles, la
« requeste présentée à la ditte cour par les administrateurs du dit
« hopital des droits, privilèges et exemptions portés par les dittes lettres
« patentes et conformément à ycelles faire déffences à toutes personnes de le
« troubler et empêcher ni les suppliants en la dite qualité de tous leurs droits,
« privilèges et exemptions aux peines de droit et de tous despens, dommages
« et interest, sur laquelle requeste est lordonnance de la cour portant quelle
« seroit montrée au procureur général du roy avec les conclusions par lui
« prises sur ycelle et ouy le rapport de M. Claude Fournier conseiller, tout
« considéré la cour ayant esgard à la ditte requeste a ordonné et ordonne
« que les dittes lettres pattentes seront registrées au greffe pour estre
« exécutées selon leur forme et teneur et jouir par le dit hopital de Besse,
« les supplians en la ditte qualité d'administrateurs et leurs successeurs
« pendant leurs charges des privilèges et exemptions portées par les dittes
« lettres.

« Fait à Clermont-Ferrand en la ditte cour, le dixième septembre mil
« sept cent seize.

« Signé GALOUBIE, greffier. »

Le 22 novembre 1774, Joseph François Mondet, bourgeois de Paris,
agissant au nom et en vertu de la procuration des administrateurs de
l'hôpital de Saint-Joseph, prêta à Paris entre les mains de François
Bastard, surintendant de la maison du comte d'Artois, le serment de foi
et hommage dû par les administrateurs en raison des cens, rentes et
fiefs nobles situés dans les paroisses de Besse, Saint-Victor et Saint-Diéry
et qui dépendaient du duché d'Auvergne, dont le comte d'Artois était
titulaire :

« Prestation de foi, hommage et serment de fidélité.
« Aujourd'hui 22e jour du mois de novembre s'est présenté devant nous
« François Bastard, conseiller d'Etat, ancien premier président du Parlement
« de Toulouse, garde des sceaux, chef du conseil, surintendant de la maison,
« domaines, finances, jardins et bâtiments de Mgr Charles Philippe, fils de
« France, frère du Roi, comte d'Artois, duc et comte d'Auvergne, duc de
« Mercœur, duc d'Angoulême, comte et vicomte de Limoges, marquis de
« Pompadour, vicomte de Turenne le sieur Joseph François Mondet de
« Paris, y demeurant, cul-de-sac Saint-Fiacre, paroisse Saint-Eustache,
« fondé de procuration des administrateurs de l'hôpital Saint-Joseph de la
« ville de Besse, par acte du six de ce mois, annexé à la minute des présentes,

« lequel s'étant mis en devoir et posture de vassal, a rendu et prêté en nos
« mains les foi, hommage et serment de fidélité qu'il est tenu de rendre
« porter, faire et prêter à Monseigneur pour raison des cens, rentes et fiefs
« nobles, dépendans dudit hopital, situés dans les paroisses de Besse, de
« Saint-Victor et de Saint-Diéry, circonstances et dépendances, mouvant et
« relevant de Mgr le comte d'Artois, à cause de son duché d'Auvergne,
« auxquels Foi, Hommage et serment de Fidélité, Nous l'avons reçu et admis,
« sauf en autre choses les droits de Monseigneur et l'autrui en toutes, à la
« charge en outre par les dits administrateurs de fournir l'aveu et
« dénombrement des dits cens, rentes et fiefs nobles, circonstances et
« dépendances dans le tems et sous les peines portées par la coutume, de
« payer les droits et devoirs, si aucuns sont dus et de s'acquitter à l'avenir
« envers Monseigneur de tous ceux dont il est tenu. Et si, pour raison des
« dits Foi, Hommage et Serment de Fidélité non faits, les dits cens, rentes et
« fiefs, circonstances et dépendances avaient été saisis, ou autrement
« empêché, Nous en avons fait et donné pleine et entière mainlevée et
« déchargé les commissaires, si aucuns ont été établis, en payant les frais
« bien et légitimement faits, sans préjudice des fruits en perte, s'il y en a
« qui soient acquis et à condition d'obtenir lettres de Mgr le Cte d'Artois,
« dont et de tout ce que dessus le dit sieur Mondet au dit nom Nous a requis
« acte, que nous lui avons octroyé, pour sur icelui faire expédier les dites
« lettres à ce nécessaires et a signé sur la minutte. *En foi de quoi,* nous
« avons signé ces présentes de notre main, à icelles fait apposer le cachet de
« nos armes et contre signer par notre premier secrétaire.
« A Paris les jour et an que dessus.

« Signé BASTARD.

« Par Monseigneur,

« Signé LE BEL.

« Enregistré au greffe du bureau des finances de la généralité de Riom en
« exécution d'ordonnance du dixième janvier 1775.

« Signé : PHILIBÉE. »

Charles Philippe, fils de France, frère du roi, comte d'Artois, celui
qui plus tard fut roi de France sous le nom de Charles X, par ordonnance
en date à Versailles du 13 décembre 1774, dispensa de toutes
redevances les cens, rentes et fiefs nobles, appartenant à l'hôpital et qui
dépendaient de son duché d'Auvergne. L'original sur parchemin et
scellé du sceau dudit comte se trouve aux mêmes archives.

« Charles Philippe, fils de France, frère du roi, comte d'Artois, duc et

« comte d'Auvergne, duc de Mercœur et d'Angoulême, comte et vicomte de
« Limoges, marquis de Pompadours, vicomte de Turenne.

« A nos amis les Présidents, Trésoriers généraux de France au bureau des
« finances établi à Riom salut. Le sieur Joseph François Mondet, bourgeois
« de Paris, fondé de procuration des administrateurs de l'hôpital Saint-
« Joseph de la ville de Besse.

« Ayant par acte du vingt-deux novembre dernier ci-attaché sous notre
« contre-scel, fait et prêté entre les mains de notre très-cher et féal *chancelier*
« *garde de nos sceaux le sieur François Bastard*, conseiller d'Etat,
« ancien premier président du Parlement de Toulouse, les foi, hommage et
« serment de fidélité qu'il nous doit à cause de cens et rentes et fiefs nobles
« dependans dudit hôpital, situés dans les paroisses de Besse, de Saint-
« Victor et de Saint-Diéry.

« Circonstances et dépendances, mouvant et relevant de nous, à cause de
« notre duché d'Auvergne, auxquels foi, hommage et serment de fidélité
« lesdits sieurs administrateurs, après s'être mis en tout devoir de vassal,
« aurait été admis, sauf nos droits en autres choses et l'autrui en tout. *A ces*
« *causes voulons, vous mandons* et très-expressément *Enjoignons* que si
« pour raison des dits foi, hommage ou serment de fidélité les dits cens,
« rentes et fiefs nobles ou partie d'iceux était saisie féodalement ou autrement
« vous ayez à en faire incontinent et sans délai pleine et entière main-levée
« et délivrance, déchargeant à cette fin tous commissaires ; si aucuns ont été
« établis et à la mettre au premier état libre et sans aucun empêchement. A
« la charge par les dits sieurs administrateurs de fournir et bailler son aveu
« et dénombrement des dits cens, rentes et nobles fiefs, appartenances,
« circonstances et dépendances dans le tems de la coutume et sous les peines
« portées par icelles, de payer les droits et devoirs et les frais bien et
« légitimement faits, si aucuns sont dus et non payés, et sans préjudice des
« fruits en perte, si aucuns nous sont acquis : car tel est notre plaisir ; en
« témoins de quoi nous avons fait mettre notre scel à ces présentes que nous
« avons signées de notre main. Donné à Versailles le 13e décembre 1774.

« Signé CHARLES PHILIPPE.

« Par Monseigneur le comte d'Artois.

« Signé LAURENT DE VILLEDENT.

« Registré ès registre de l'audience par nous conseiller audiencier et garde
« scelles de la chancellerie de Mgr le Cte d'Artois, le sceau tenant, à
« Paris le 13 décembre 1774.

« Signé VIGOUREUX. »

Les administrateurs obtinrent, à la date du 3 décembre 1717, de

M. Champflour, prestre, licencié de Sorbonne, abbé et chanoine de l'église cathétrale de Clermont, vicaire général du diocèze, faisant fonction d'évêque, le siège étant vacant, l'autorisation de faire célébrer la messe sur un autel dressé dans la salle de l'hôpital.

L'hôpital occupait à cette époque le bâtiment actuellement affermé à Philippe Rochenard, restaurateur, et qui appartient encore à cet établissement. C'est, je crois, seulement beaucoup plus tard que le bâtiment actuel fut construit avec les pierres provenant des communs du vieux château, communs qui s'étendaient sur tout l'emplacement actuel de l'Hôtel de Ville. Cette construction fut en partie faite avec une somme de dix mille francs donnée par une dame Chandezon, veuve d'un notaire de Saint-Nectaire, et qui, originaire de Besse, était revenue y habiter après la mort de son mari. De nombreux donateurs ont depuis, par leurs libéralités, augmenté les ressources de cet établissement. C'est actuellement un asile destiné exclusivement à recueillir et soigner les vieillards infirmes et pauvres du pays.

CHAPITRE VI

CHAPELLE DE VASSIVIÈRE

Il existe, à sept kilomètres de Besse, au sommet d'une montagne, une chapelle consacrée à la vierge, et dont le pèlerinage attire tous les ans un grand nombre de personnes, les unes par dévotion, beaucoup par curiosité. L'étymologie du mot Vassivière semble venir de Vas-y-Veyre, ce que répondaient, dit-on, autrefois les gens de Besse à ceux qui ne croyaient pas aux miracles de la statue. Cette chapelle se trouve à 1,300 mètres d'altitude environ.

Ce pèlerinage, quoique moins ancien que ceux d'Orcival et du Port, ne laisse cependant pas que de remonter à une assez antique origine.

D'après une note inscrite sur un registre des actes de baptêmes, mariages et sépultures de la paroisse de Besse, note remontant au XVIIe siècle, il est dit : « *qu'il existe sur les montagnes d'Auvergne, proches* « *du Mont-Dore, une image de la vierge, restée miraculeusement des* « *ruines de Vassivières, ravagé par les Anglais environ en l'année* « *1374.* » Il y existait aussi un petit village, qui fut détruit en même temps que cette chapelle.

Jusqu'en 1548, je ne trouve aucun document me permettant de donner un renseignement quelconque sur Vassivière pendant ces deux siècles. En cette année un sieur de Monceaulx, pannetier de la reine Catherine de Médicis, à qui appartenait la montagne de Vassivière, sollicita l'autorisation de faire construire sur cette montagne une chapelle dédiée au culte de la vierge et où devait être placée la statue provenant de la chapelle saccagée par les Anglais.

Par lettres-patentes du mois d'août 1548, la reine Catherine accorda cette permission, à la condition qu'il y aurait un chapelain.

Les luminiers de l'église de Besse, ayant appris et ce projet et l'autorisation royale qui y était donnée, firent auprès du sieur de Monceaulx plusieurs démarches pour obtenir le désistement en leur faveur de l'autorisation qui lui avait été concédée, basant leurs réclamations sur ce qu'ils avaient des droits et des *perceptions ordinaires* à revendiquer à cause de la chapelle, droits qui leur appartenaient. Le sieur de Monceaulx y consentit, et à la date du 7 septembre 1549, la reine Catherine de Médicis homologua cette substitution dans les termes suivants :

« Catherine, par la grâce de Dieu, reyne de France, comtesse de Boloigne,
« de Clermont et d'Auvergne, dame de La Tour à tous ceux que ces présentes
« lettres verront salut, nos chers et aimés les curés et luminiers de lesglise
« paroisse de Saint-André en nostre ville de Besse, nous ont fait dire et
« remostré que par nos lettres patentes en forme de Charte, délivrées a
« labaye Desnay, les ayans au mois d'aoust mil cinq cent quarante-huit sur
« la remostration a nous faicte par François de Monceaulx, sieur de Besse,
« ung de nos panetiers quil estoit en devotion de ediffier une chapelle sur la
« montaigne de Vaseyviere en notre terre de Ravel en l'endroit de la dite
« montaigne auquel y a une croix de pierre une image de la vierge Marie,
« mère de nostre sainieur, une belle fontayne i celle chappelle fonder en
« lhonneur de la ditte dame de la doter pour le service d'ung chappellain
« qui y celebrera la sainte messe, nous aurions permis au dit de Monceaulx
« i cette chapelle ediffier fonder et de la dobter luy donnant et concedant et a
« ses successeurs et ayant cause tous les droits que nous y avons et pouvons
« avoir sauf la supériorité de recognoissance dung denier france quil nous
« serait tenu de payer pour chacun a nostre recepte ordinaire du dit Ravel
« taisant ou ignorant par le dit Monceaulx les droits de perceptions ordinaires
« que a cause de ladite chapelle appartenoient et estoient leurs, et a porté
« par les dits suppliants a leur grand préjudice et domaige ce que despuis
« icelluy de Monceaulx entendant et recognoissant la grande justice que y
« avaient les dits supplians leur aurait entièrement ceddé et transporté son
« dict droit et toutes les concessions et permissions des sur dites par nous
« a lui faicte soubs nostre bon plaisir savoir faisons que nous désirant la
« conservation des droits de nos subjets et ce mesmement qui peut concourir
« au bien et augmentation de lesglise et entretenement du divin service avec
« fourniture de dévotion les dits cession et transport ainsi faict par son dit
« François de Monceaulx aux dits curés et luminiers du droit de permition
« quil avait de nous dediffication d'oblation de la ditte chappelle, avons
« emologues, ratiffiez et approuvés et par ces présentes emologuons, ratiffions
« et approuvons et avons pour agréable, permettons et concedons de nouvel
« a i ceuls curés et luminiers de Saint-André de Besse, de faire costinuer et
« ediffier, fonder et dotter la ditte chappelle tout ainsi que eust pu faire le dit

« de Monceaulx, en vertu de nostre ditte permition leur donnons pour ce
« tous les droits que nous y avons et pouvons avoir sauf et le dit droict de
« supériorité et recognoissance dung denier quils seront tenus de payer par
« chacun ou en nostre ditte recepte ordinaire de Ravel ordonnons en
« mandement de nostre aimé et féal conseilher de Gommer de nostre ditte
« court et autres terres de la seigneurie au balluy de la tour ou son lieu-
« tenant au chastel de Ravel et a nos procureurs et récepheurs de la ditte
« terre et tous autres nos justiciers et subjets que de nos présentes ratiffions
« les permission et concession deddification, fondation et dotation de la dite
« chapelle y ceuls fassent souffrent et laissent les curés et luminiers de
« Saint-André et leurs successeurs jouir et uzer plainement et paisiblement
« pour leur faire donner et souffrir estre faict donner aucun désobeir ou
« empechement au contraire de ce quil soit faict mis destant repparent et
« remettent, facent reparer et remettre juxtement au premier estat de vœu,
« car tel est nostre plaisir nonobstant ces ordonnances ou austres lettres
« ad ce contraire en témoing de ce avons faict metre nostre scel a. ces
« présentes données à Paris le septième jour de novembre lan mil cinq cent
« quarante-neuf, a signé Catherine.
« Et au reply escript : par la reyne et signé Mathieu de Ped, avec scel en
« cire rouge aux armes de la dite dame. »

En vertu de cette autorisation, les luminiers se mirent à l'œuvre et
firent construire en pierres du pays une chapelle composée d'une nef,
d'un petit sanctuaire et d'un logement pour le chapelain. La toiture
voûtée ne reçut pas de charpente et les dalles basaltiques servant à la
toiture furent posées simplement sur cette voûte recouverte de terre. Cette
construction fut terminée le 6 juin 1555, ainsi que l'atteste l'inscription
suivante gravée au-dessus de la porte d'entrée : « Faict le sixième iour
« de ivng lan 1.5.5.5. »
Par suite des intempéries, auxquelles la chapelle est continuellement
soumise au sommet de cette montagne entièrement dénudée et de la
mauvaise construction primitive de la toiture, la voûte en 1633 menaçait
de s'écrouler. Les prêtres de la communauté de l'église collégiale de
Besse, avec l'autorisation de Monseigneur d'Estaing, évêque de Clermont,
firent dresser par M. Lenoir, architecte à Clermont-Ferrand, un plan avec
devis pour les réparations à faire à la chapelle. Ce plan comportait une
nef, un sanctuaire et deux petites chapelles latérales, ce qui donnait
à la construction la forme d'une croix latine. Le plan portait également
une charpente surmontant la voûte.
Les fonds manquant, les communalistes firent un appel aux bienfai-

teurs de la Province. M. Boëtte, conseiller au Parlement, s'engagea
à construire à ses frais, en la dédiant à Saint-Joseph, la petite chapelle
latérale qui se trouve au nord. Les armes de ce conseiller furent placées
à la clef de voûte, en sa présence et celle de sa femme, le 24 août 1636.

Le gouverneur de la province, M. de Canillac donna mille livres pour la
construction de l'autre petite chapelle qui se trouve au sud.

Les fonds recueillis, joints à ceux destinés par les communalistes à
cette reconstruction, étant suffisants, l'entreprise fut donnée, aux termes
du marché, sous signatures privées du 28 août 1633, à un sieur Simon
Pissauchet, maçon du village de Serres Soubranau (Serre haut) et Lenoir,
architecte, par Michel Fohet et Gilbert Lamothe, prêtres et luminiers et
marguilliers de l'église Saint-André de Besse et M. Antoine Desserres, à
cette époque lieutenant général de Besse, Jehan Fohet et Michel Passience,
consuls. Le marché fut convenu moyennant le prix de 2,700 livres.

La porte d'entrée fut remise à sa place primitive aspect sud, avec
l'inscription que j'ai transcrite ci-dessus.

En 1571, Antoine de Saint-Nectaire, évêque de Clermont, consacra la
chapelle.

La petite chapelle qui renferme la source, fut bâtie aux frais de
Georges Besseyre, consul, le 10 juillet 1657; cette source fut bénie
solennellement par Mgr Louis d'Estaing, évêque de Clermont.

Le 13 septembre 1636, on recommença à célébrer la messe au grand
autel, en usant d'un autel portatif.

Pendant la nuit du 4 au 5 septembre 1669, des voleurs pénétrèrent
dans la chapelle, qui possédait alors un grand nombre d'objets précieux,
et enlevèrent six lampes d'argent, dont quatre très grandes, deux grands
ciboires, renfermant le saint sacrement, un calice, deux chandeliers,
deux burettes, trois grandes couronnes, un crucifix d'argent massif, une
statue de la vierge pesant quatre marcs, un collier d'or émaillé, un
petit cœur d'or et quantité de petites croix, de médailles, de cœurs, de
chapelets d'or et d'argent, six cordes de perles fines, une chasuble de
satin blanc, deux parements d'autels, le pavillon du tabernacle, quelques
robes de l'image de la visitation, quelques nappes et autres bijoux. Ils
s'emparèrent aussi du contenu des troncs, qu'ils forcèrent. Un des
voleurs fut pris quelques jours après à minuit par le prévôt de Saint-
Flour, assisté des habitants de Besse qui le poursuivaient, au village de
la Vedrine Saint-Loup, à trois lieues de Saint-Flour. On l'emmena avec

la femme de la maison où les voleurs avaient fondu une partie des objets précieux et partagé le butin. On ne put reprendre qu'une faible partie des objets dérobés. Le voleur pris fut pendu et étranglé et son corps brûlé le 10 octobre 1669. Il se nommait David Jalabert du lieu de Pontvert. La femme fut condamnée à un bannissement de trois ans, les biens de son mari furent confisqués et les deux autres voleurs, ainsi que le receleur, condamnés à être brûlés vivants. Ce receleur se nommait Jean Portail de la Fayolle. Ils ne furent jamais pris (1).

Lors de la Révolution, Vassivière fut vendue avec la montagne en dépendant, déclarée propriété nationale. La chapelle servit d'étable et grange jusqu'en 1807, époque où elle fut rachetée par Mademoiselle Admirat, qui la fit restaurer et la donna à la fabrique de Besse, autorisée à accepter ce don, par acte impérial, daté de Schœnbrunn le 1er juillet 1809. A dater de cette époque, les processions et cérémonies furent rétablies. La montagne ne fut rachetée que le 31 août 1856 par la fabrique, avec l'hôtel des pèlerins qui y était construit. Cette acquisition eut lieu moyennant le prix de 12,000 fr., de la famille Raynaud d'Egliseneuve.

La statue primitive de la vierge avait été brisée et brûlée. Quelques personnes en recueillirent des débris qui furent plus tard mis dans la nouvelle statue qui fut faite au moment du rachat de la propriété de Vassivière. Cette nouvelle statue en bois noir représente la vierge tenant sur ses genoux l'enfant Jésus. Le 2 juillet 1854, furent plantées les croix, qui, partant de la route de Besse à Condat, sont en bordure du chemin jusqu'à la chapelle.

Le 3 juillet 1881, le couronnement de la vierge de Vassivière, accordé par le pape Léon XIII, a eu lieu sur la montagne par le cardinal de Bonnechose, archevêque de Rouen, assisté de Jean Joseph Marchal, archevêque de Bourges; de Jean Pierre Boyer, évêque de Clermont; de Pierre Dufal, évêque de Delcone; de Joseph Christian Ernest Bourret, évêque de Rodez; Benjamin Baduel, évêque de Saint-Flour, et Pierre Denéchaud, évêque de Tulle.

Les couronnes, œuvre de M. Armant Caillat, orfèvre à Lyon, sont du style Louis XIII, dans le type de la célèbre couronne de Saint-Etienne de Hongrie. Elles sont ornées de nombreux brillants et pierres précieuses, provenant de dons.

---

(1) Notes des Registres des baptêmes, mariages et décès de la paroisse de Besse.

CHAPITRE VII

LE LAC PAVIN

A quatre kilomètres de Besse, à gauche de la route allant à Condat, au sommet d'une petite montagne, se trouve le lac Pavin, dont la surface des eaux est à 1,194 mètres d'altitude. C'est un cratère que les eaux ont rempli. A côté se trouve le puy de Montchal, qui était la cheminée principale du volcan qui a formé le lac. Ce lac, l'une des plus belles curiosités de l'Auvergne, est entièrement entouré de bois et de rochers à pic. Sa circonférence est d'environ 2,500 mètres et son diamètre dans la partie la plus large de 850 mètres. La profondeur, à peu près égale partout, à cause de sa forme de cuvette presque sans bords, atteint au maximum 92 mètres. Il est alimenté par quatre ou cinq petites sources d'eau pure à la température de 15° sortant des terrains volcaniques qui l'entourent. Le déversoir laisse échapper en été environ 5 litres d'eau par seconde.

Longtemps ce magnifique lac, appelé *la mer morte d'Auvergne*, resta absolument improductif. De nombreuses légendes, perpétuées dans le pays, prétendaient qu'aucun poisson petit ou grand ne pouvait vivre dans ses eaux, qu'un *tourbillon* perpétuel s'agitant au milieu du lac engloutissait toute embarcation qui s'aventurait dans ses parages, que jamais on n'avait pu en trouver le fond, et enfin qu'en jetant par un temps calme une pierre dans les eaux on déterminait immédiatement un violent ouragan atmosphérique. Le manuscrit Godivel, auquel j'ai déjà fait de si nombreux emprunts dans le courant de cette notice, rapporte quelques-unes de ces erreurs avec un style naïf et convaincu, et je crois intéressant de transcrire ici la partie qui y est relative :

« J'ay dis un des beaux lacs 1° a raison de la situation étant au milieu d'une
« montée qui l'environne en forme de croissant, une fort étroite ouverture

« pour donner cours aux eaux du lac, le sommet de cette montagne dequelle
« côté qu'on la prene est extremement éloigné du bord du lac bien que le
« penchant soit fort roide tellement que dequel côté qu'on y veuille aller
« excpté du coté par ou le lac se décharge, il faut descendre beaucoup et
« passer à travers d'un talif qui l'environne et qui rend ce lac aussy agréable
« a la veue quand on le considère du lieu par ou il donne cours a ses eaux,
« que la montagne qui l'environne le rend effroyable quand ont le regarde du
« haut en bas 2° a cause de la figure parfaitement ronde et bordée d'un
« rocher fort haut et scarpé, on voit a l'entour de ce lac un pavé de trois a
« quatre pieds de largeur que l'eau couvre entièrement et après lequel on
« on ne voit plus le fond, ce pavé est aussy régulier que ceux de nos rues
« avec cette différence néanmoins que ce sont des grands quartiers de pierre
« de divers espèces et de grandes entremellées marque infaillible qu'il y a
« plus de l'art que de la nature 3° a raison de la profondeur qu'on croit être
« sans profond pour le moins seait ou bien que les années passées quelques
« habitants de Besse et des environs qui vivent encore aujourd'huy aussy
« courageux que curieux étant allés avec un futureau vers le milieu du lac y
« jetterent jusques trois cent treize brasses de corde sans avoir jamais pu trouver
« le fond. Cette profondeur s'augmente amesure qu'elle s'approche du milieu
« du lac 4° a cause de la source qui est bien si féconde qu'il en sort aussy
« bien les jours les plus chauds de la canicule qu'aux plus froids de l'hiver
« autant d'eau qu'il en faudroit pour faire moudre deux moulins 5° pour les
« propriétés de l'eau elle est extrèmement claire ceux qui on goust et l'odorat
« plus délicats trouvent qu'elle est un plus amere et qu'elle sent ce que sentent
« ces eaux qui lavent les rochers dont on tire le fer dans le mont pyrénées
« au reste on y a jamais pris ni veu poissons petits ou grands, on y voit pas
« même la plus petite pointe d'herbe aux extrémités.

« Les oiseaux ces hotes des bois sont rares dans ceux qui environnent le
« lac et la raison en est par ce que les fréquens brouillards que l'on voit
« sortir de ce lac presque en tout temps les en chassent leur en rendant ce
« lieu inhabitable.

« On a appellé de tout tems ce lac le lac de Pavent ce pavé qu'on y voit a
« l'entour pourroit avoir donné lieu à cette denomination laquelle viendroit
« originairement du verbe Paveo duquel on se servoit enciènement et signifie
« en français paver. Quelques-uns veulent que le nom lui aye été donné du
« verbe grec παυκυαι qui signifie en latin quiesco et en français reposer, par
« ce que les eaux de ce lac sont dormantes et toujours dans une perpétuelle
« tranquilité a cause des montagnes qui l'environnent et qui les mettent
« a l'abry de tout. Suivant donc cette dénomination le lac de Pavent seroit
« la même chose que le lac ou il ne fait pas vent.

« Néanmoins il semble plus vraisemblable qu'il s'appelle lac de Pavent a
« raison de la frayeur et de la peur qu'il cause a tous ceux qui le regardent
« l'eussent-ils vus tous les jours de leur vie. Pavent viendroit donc de ces

4

« deux mots patois par ven ou du verbe paveo qui signifie j'ai peur, soit
« que cette peur soit excitée par la seule vue et considération du lac soit par
« ce qu'il s'élève de ce lac pendant l'été plusieurs exhalaisons et vapeurs qui
« peu de tems après dégnerent en nuës et finalement en tempettes qui
« tiennent en craintes et en peur tous le païs. »

C'est en janvier 1859 seulement qu'un homme intelligent, remarquable-
ment compétent en la matière, M. Rico, inspecteur de pisciculture à
Clermont-Ferrand, voyant combien était préjudiciable à tous intérêts la
stérilité de ces eaux dont la limpidité et la température convenaient si
bien à l'élevage des salmonidés, eut l'idée, dans un but entièrement
désintéressé, d'empoissonner cet immense bassin. Il l'afferma à la ville de
Besse, qui en est propriétaire pour l'espace de quinze années. Malgré
les luttes qu'il eut à soutenir contre la malveillance, les crues du lac
emportant les barrages nouvellement construits, malgré les dépenses que
lui occasionnèrent les frais de déblaiement, de barrage, de construction
pour une petite habitation de refuge, le transport des matériaux et des
bateaux, le percement d'un chemin et le déblaiement des abords, il a eu
l'honneur d'amener au mieux cette entreprise difficile.

Il fut mis dans le lac 92,000 alevins de truites, 20,000 de saumons
communs, 18 de saumons heuch, 8,000 d'ombres-chevaliers, soit
120,018 salmonidés, 130 cyprinides et 200 écrevisses adultes.

La première truite qui fut prise, le 15 avril 1861, appartenait au genre
truite des lacs, elle était alors âgée de 38 mois et pesait 1,700 grammes;
sa longueur était de 54 centimètres. Un procès-verbal de cette pêche,
rédigé par M. le maire, est déposé aux archives municipales.

Une question très vivement controversée et qui a été résolue au lac
Pavin, est celle de la propagation du saumon commun dans les eaux
dormantes. Malgré les affirmations contraires de nombreuses autorités
en la matière, il est certain que les saumons mis dans les eaux s'y sont
élevés et même s'y sont reproduits. De nombreuses attestations ne laissent
aucun doute à cet égard. Un procès-verbal du 3 juin 1862, dressé par le
maire de Besse et déposé aux archives, constate que ce jour même il a
été pêché un saumon pesant 1,100 grammes et mesurant 56 centimètres
de la pointe du museau à l'extrémité de la queue. Plusieurs autres
saumons ont été pris à diverses époques. Quelques-uns furent mangés au
lac le 29 mai 1862 par MM. le préfet du Puy-de-Dôme, le général Chabron,

le maire de Besse et M. Dalmas, adjoint, et d'autres la même année,
par MM. H. Lecoq, le regretté naturaliste ; le docteur Nivet, le maire
et M. Dalmas. Une preuve de la reproduction du saumon dans les eaux
de Pavin est qu'encore aujourd'hui M. Julhiard de Besse et l'auteur de
cette brochure, qui sont adjudicataires des droits de pêche, prennent tous
les ans des saumons dont le poids varie de 500 grammes à 1 kilog. C'est
très rarement dans les filets et généralement aux lignes de fonds que sont
pêchés ces poissons. Depuis plus de vingt ans il n'a été mis dans les eaux
aucun alevin de ces salmonidés.

Pendant la durée du bail, M. Rico s'était adjoint comme collaborateur
M. Dalmas, pharmacien, adjoint de la ville de Besse, et les pêches faites
pendant les quinze ans ont produit 2,949 truites, saumons ou ombres-
chevaliers pesant ensemble 1,568 kilog. 670, soit en moyenne 531
grammes 90 centigrammes la pièce.

Après l'expiration du bail, quelques personnes de Besse se réunirent et
devinrent adjudicataires du droit de pêche avec la charge de mettre
4,000 alevins par an. Cette clause du contrat n'a malheureusement pas
été observée, et lorsqu'en janvier 1883 les adjudicataires actuels sont
entrés en jouissance, ils ont trouvé une partie de l'œuvre si laborieuse-
ment édifiée par M. Rico compromise par ces neuf années de destructive
jouissance. Depuis cette époque, il a été mis : en 1884, 8,000 alevins de
truites provenant d'œufs fécondés au lac même et de reproducteurs pris
dans ses eaux ; en 1885, 7,000 dont 2,000 de truites *Loch Leven*
provenant d'Ecosse ; en 1886, 6,000 dont 2,000 de *Salmo foutinalis* et
1,000 de *Salmo irideus* et enfin, en 1887, 5,000 dont 1,000 de *Salmo
irideus*. De plus, cette dernière année, il a été mis 1,000 alevins de *Coré-
ganus marcena* (vulgairement fera) que la Société nationale d'acclima-
tation avait bien voulu accorder à titre gracieux à M. Boyer-Vidal, qui a
l'honneur d'être un de ses membres titulaires.

Le 18 juin 1874, il a été pêché deux pièces énormes, l'une (un mâle)
de 8 kilog., et l'autre (une femelle) de 14 kilog. 500 grammes. La femelle
mesurait 1 mètre 05 centimètres de longueur et était fort grosse. C'étaient
certainement, malgré tout avis contraire, deux saumons Heuch, provenant
des 18 alevins mis dans le lac ; et ce qui le prouve, c'est que la femelle
laissait couler de très beaux œufs bons à féconder et en grande quantité,
alors que le commencement du frai pour la truite n'a pas lieu à Pavin
avant novembre.

Il est regrettable que par ignorance on ait laissé perdre une aussi belle occasion de féconder ces œufs, qui sont fort chers et presque impossibles à se procurer et dont la valeur était de plusieurs fois supérieure à celle de la truite elle-même. Ces deux saumons furent vendus à madame veuve Chabory, maîtresse d'hôtel au Mont-Dore, et consommés par ses pensionnaires.

FIN

APPENDICE

APPENDICE

TRADUCTION DE LA CHARTE

Voici comment Bernard de La Tour et Bertrand de La Tour, frères, donnèrent à la ville de Besse et jurèrent sur les saints Evangiles à tous hommes et à toutes femmes qui y prendraient ou y auraient maison, bons usages et bonnes coutumes les meilleurs qu'un homme pourrait trouver de Bourges à Montpellier, au Puy à Sauvagnac ou dans toutes autres bonnes villes. Les places telles qu'elles y sont données, donnent une quarte de froment en achetant ou en vendant.

Tout homme ou femme qui y possèdera maison ne paiera point de droit de leyde pour ce qu'il pourra vendre lui appartenant.

Et si un homme après avoir pris une place n'y bâtit pas dans le courant de l'année, il la perd.

Et si un homme y vient demeurer de qui on réclame le servage, il est quitte s'il y demeure un an et un jour.

Et tous ceux qui viendront pour y habiter, quelques torts qu'ils aient faits, ne seront point détruits s'ils veulent bien faire.

Et tous hommes ou toutes femmes qui auront mis leur fortune à Besse ne la perdront point, mais l'emporteront sauve et quitte, que Bernard de La Tour soit en guerre ou en paix avec eux ou avec leur seigneur.

Tous ceux qui possèderont une maison à Besse ne pourront la perdre pour aucune guerre et ils n'auront aucune crainte de Bernard de La Tour ou des siens pour aller et venir.

Celui qui vendra sa maison donnera 20 sols 12 deniers et aux ventes l'octroye Bernard de La Tour.

Celui qui engage sa maison, Bernard de La Tour le permet sans qu'on doive rien lui donner.

Les places que le bayle donne à Besse, les octroyes qu'il fait de ce qui appartient à B. de La Tour est donné et octroyé comme si Bernard de La Tour l'eût donné.

Et tous ceux qui possèdent des maisons à Besse les peuvent donner ou vendre à toutes personnes, hommes ou femmes, excepté aux saints, aux moines, aux chanoines, chevaliers et aux serfs, car ceux-là, selon les usages de la ville, ne peuvent posséder aucune maison.

Bernard de La Tour, ni personne pour lui n'a point à Besse droit d'hébergeage, droit de lever de deniers, de taille, de queste ni d'achat, si ce n'est pour droit de clame (1), 3 sous, et pour coups d'hommes ou de femmes en colère il y aura droit de clame pour Bernard de La Tour ou son bayle 60 sols à sa merci.

S'il se livre une bataille à Besse en la cour de Bernard de La Tour il y aura pour Bernard de La Tour 60 sols à la merci de celui qui sera vaincu.

Bernard de La Tour ne doit lever de droit de plaide d'un homme qui possède une maison à Besse.

S'il est prouvé qu'un homme l'ait fait à la femme d'autrui, si quelqu'un tue homme ou femme ou dérobe l'avoir d'autrui, il est à la merci de Bernard de La Tour.

Celui qui sera entré dans le jardin d'autrui pour y malfaire paiera 2 sols ou la dent (2) à Bernard de La Tour, et 12 deniers à la victime.

Et si dans une mêlée un homme y dégaîne son épée pour s'y mêler, 60 sols à la merci de Bernard de La Tour.

Et s'il vient à Besse un faux monnayeur qui y apporte fausse monnaie, la fausseté est pour Bernard de La Tour, et si un homme avait été trompé, Bernard de La Tour devait lui rendre son argent.

Celui qui vend et achète à son escient des livres fausses et de marques fausses 60 sols à la merci de Bernard de La Tour si c'est prouvé.

D'aunes fausses, 7 sols.

De mesures de vin fausses, 7 sols.

De quartes fausses, 7 sols,

Quatre deniers de leyde pour celui qui vend un cheval, une jument ou un mulet.

Un denier pour un âne.

Un denier pour un bœuf ou une vache.

Un denier par douzaine de moutons ou de chèvres.

Une maille pour un cuir.

Un denier la douzaine de peaux de chèvre.

Les drapiers, les ferriers, les pélessiers, les cordonniers, les corroyeurs, les savetiers, qui vendront au marché ou à la foire donneront jusqu'à 6 deniers par an.

Si un marchand vient à Besse sans qu'il y ait marché ou foire et s'il déballe sans rien vendre, il ne paiera point de droit de leyde.

Un poissonnier, 4 deniers par an.

Une charretée de poissons, 6 deniers.

Une charretée de marais, 1 denier,

Une charretée de cercles, une faysse

Une charretée de peaux, 1 denier.

Une charretée de bois, 2 bûches.

Une charretée de fruits, 1 denier.

Un denier pour la vente d'un char.

Une somme de fruits, une maille.

Une meule, 2 deniers.

(1) Le mot « clame » signifie procès.
(2) L'on pouvait en sacrifiant une dent éviter le paiement de l'amende.

Une coupe par setier pour droit de leyde de tous grains ; les huit font la coupe.

Le leydier qui porte la coupe ne peut prendre de louage pour la donner, mais la leyde seulement.

Au moulin de Besse doivent moudre tous les habitants de Besse en payant une coupe octénale par setier ; il ne doit rien lui donner s'il ne lui aide et s'il lui aide il lui donnera selon l'usage des moulins de Besse.

Un denier par setier pour fournage.

Les escuyers, les seliers, les esperonniers, 6 deniers par an.

Une couëtte de rivière, 1 denier.

Une toile qu'on porte au cou, 1 denier si on la vend.

La cire, 1 denier et celui qui la vend à la tente, 1 denier.

Les couteaux, les forces, les anaps, les écuelles, 2 deniers par an.

Un denier, qui vend du lard.

Un boucher, trois cuisses de vache ou 2 sous.

Un patenier qui ne possède pas de maison selon l'usage de Besse, trois benairées de pain par an.

Et si un homme ou une femme s'enfuit avec son bien dans une autre ville on le suivra et on le dénoncera aux seigneurs de la terre.

Et si un étranger marchande du bien à Besse, celui qui possédera une maison à Besse pourra s'il le veut avoir la préférence sans que l'étranger ait le même droit.

Celui qui achète quelque chose dans la maison d'un homme de Besse et si celui auquel appartient la maison, ou si quelqu'un de ses domestiques demande à en avoir part, il y aura droit comme les autres.

Celui qui donne en gain à un homme de Besse pour son argent et le lui promet est forcé de le faire et après ne devra pas le lui rendre.

Le changeur ne peut saisir un homme à son étalage, ni depuis son étalage, jusqu'à sa maison.

A Besse on ne doit point saisir un homme s'il veut donner caution si ce n'est pour cause de crime, ni on ne peut saisir ses vêtements dans la rue.

Celui qui prend gage à Besse pour son bien ou pour garantie le gardera huit jours outre son terme, et s'il a trop pris il le rendra et s'il en a moins pris il le cherchera.

Un homme qui possède une maison à Besse ne peut se donner en gage, ni Bernard de La Tour le prendre en gage ni ses maisons ni ses choses, si ce n'est pour crime.

Qui fait épousée à Besse ne sera si grand qu'il ne donne un setier de vin si Bernard de La Tour le demande.

On n'a point droit de fouiller un homme à Besse.

Mais si un mauvais homme ou une mauvaise femme fouillait un prud'homme ou une sage femme ils devraient le dénoncer à Bernard de La Tour, et ceux-ci doivent en faire justice sans procès.

Le vendeur de poye donnera tous les ans pour droit de leyde deux masses de poye.

Le marchand de sel doit une poignée de sel par setier et une autre pour le terrage.

Un homme de Besse trompé dans un marché aura droit de le rompre mais si le trompé ne s'est plaint dans les huit jours le marché resterait définitif selon les usages de Besse.

Aucun homme ni aucune femme de Besse ne doit être responsable des forfaits que feront sa femme, son mari ou ses enfants, ou hommes ou femmes à son service.

Qui possède maison ou terre dans la mouvance de Bernard de La Tour, depuis dix ans sans vente de droit en la cour de Bernard de La Tour est à lui par l'usage de Besse (1).

Et Bernard de La Tour n'a sur homme et sur femme de Besse que des droits coutumiers écrits.

Et si homme ou femme de Besse allait demander justice à Bernard de La Tour il doit premièrement la lui rendre en demeurant à sa merci.

Tout homme qui viendra à Besse sa femme et ses choses sont en sûreté par le pouvoir de Besse s'il ne les a pas données en caution et s'il ne les doit pas.

Et quand Bernard de La Tour mettra son bayle à Besse il doit lui faire jurer sur les saints Evangiles que loyalement il régira la ville selon les usages avec les conseils des prud'hommes communaux.

Et si une femme mariée venait à Besse pour prostitution et qu'un homme qui ne serait pas marié couche avec elle, il ne sera pas tenu envers Bernard de La Tour.

Et si un homme s'enfuyait avec la femme d'un autre ou si une femme s'enfuyait avec le mari d'une autre, ils ne doivent revenir à Besse que lorsque la sainte Eglise les y ramène.

S'il est prouvé que quelqu'un ait mis le feu ou l'ait fait mettre à Besse il est en dehors de la protection de Bernard de La Tour et jamais plus ne doit revenir à Besse par serment.

Aucun homme ne doit se donner en gage au seigneur et lui-même ne doit saisir, corps d'homme, ni maison ni ses choses si ce n'est pour crime.

Quand est nul le gage que Bernard de La Tour mettrait à Besse ils doivent être tenus et ils ne doivent point user de force pour l'usage de Besse.

Et Bernard de La Tour ni ses bayles ne doivent prolonger les procès à Besse par amitié, par inimitié ou par intérêt.

Et Bernard de La Tour a donné et octroyé à la communauté de Besse, le droit de nommer à tout jamais des consuls, comme et quand ils le jugeront convenable.

Si un serviteur de Bernard de La Tour frappait un homme de Besse d'abord et que celui-ci le lui rende et le frappe celui-ci n'est point tenu envers Bernard de La Tour, pourvu qu'il n'abuse pas, et celui qui empêcherait l'homme de Besse de se faire droit, 100 sols.

Il doit aider les communiers de la ville à détruire les malfaiteurs et ceux-ci ne doivent plus revenir à Besse.

Nul homme de Besse ne doit s'entendre avec son seigneur ou son bayle pour que son voisin perde son avoir, son corps ou sa terre, ni par serment ni par conventions et il ne doit pas demeurer pour faire force à ses voisins, ni on ne doit pas lui faire force.

Et si un serviteur ou un bayle prend de force un homme, ou sa maison, ou ses choses, tous doivent, suivant cette coutume s'engager par serment à le poursuivre.

Celui qui manquera à son guêt, 6 deniers à remettre aux communiers à la réquisition qui lui en sera faite, et celui qui ferait le guêt pour un autre à la somme que les communiers fixeraient.

L'avoir qu'un homme de Besse aura au pouvoir de Bernard de La Tour ou de ses amis, il doit le lui garder et le lui assurer. Et s'il l'avait en la terre de ses ennemis et qu'il le prît lui ou les siens il doit le lui rendre.

Et celui qui manquera à une seule de ces coutumes doit avoir contre lui tous les communiers.

_____

(1) Droit de prescription pour dix ans.

Et Bernard de La Tour et Bertrand son frère ont donné à la communauté de Besse le champ que Pierre Meirans faisait sous la levée du pacheix, et le champ que faisait Jean premier, et le champ que faisait B. Berteira et sa mère et W. La Falta, ils ont retenu pour les lieux qu'ils donnaient 12 deniers.

Et de plus ils ont donné et octroyé tous les pacages et bois communaux qu'ils pourront prendre pour bâtir.

Et ils ont donné et octroyé que tout homme qui voudrait s'établir à Besse pour bâtir peut le faire avec 12 deniers.

Tous les hommes qui voudront prendre pied à Besse doivent au bout de trois ans payer leur part de l'impôt qui est fixé pour la franchise de la ville et les communiers donneront chaque année à la sainct André 5 sols par personne.

Ces usages et ces coutumes ainsi écrites qu'ont donné Bernard de La Tour et Bertrand son frère aux hommes et aux femmes de Besse ils les donnent et octroyent, et ils jurent sur les saincts Evangiles de respecter cette charte sincèrement et fermement et ils ont posé leurs scels.

Donné à Sainct-Saturnin, le jeudi après l'Octave de Sainct-Jean-Porte-Latine, l'an mil deux cent soixante-dix, au mois de mai.

MÉMOIRE

DE L'ARGENTERIE DONNÉE A LA SAINCTE CHAPPELLE DE NOSTRE-DAME DE VASSIVIÈRE POUR L'ACQUITEMENT DE PLUSIEURS VŒUX FAITS A DIEU EN L'HONNEUR DE LA DITTE VIERGE PAR PLUSIEURS PERSONNES DÉVOTTES, PUIS L'ANNÉE 1636, AUQUEL TEMPS ON Y BASTIT LE CŒUR DE LA DITTE ÉGLISE ET LES DEUX PETISTES CHAPELLES AUX COSTÉS (1).

Avant que parler desdits présans, il est expédiant scavoir comme noble Jehan Bohette conseiller du roy à la cour des Aydes à Clermont-Ferrand donna pour bastir la petite chapelle du costé de septentrion quinze cents livres, scavoir pour la bastisse mille livres, et cinq cents en fondation pour dire trois messes hautes.

Et haulte et puissante dame Catherine du Trafort femme à monseigneur le marquis de Canilhat donna six cents livres pour bastir l'autre chapelle de midy l'an 1636, depuis ce temps a donné en fondation une grande lampe dargent l'année 1639 qui fust desrobee avec autre quantité d'argenterie.

La bastisse estant parfaitte noble Pierre Cisterne de la ville d'Yssoire Esleu en lelection de Clermont donna le tableau du grand auteil et toute la boiserie, comme le retable et les cloisons qui se montoient jusques à la somme de sept à huit cents livres l'année 1641.

Quand à l'argenterie ou partie di celle honnorable homme Michel Beaune et honeste femme Marguerite Niron sa consorte donnairent un pair de chandeliers dargent en partie dorés l'année 1637.

La mesme année Mr Guerin receveur des consignations à Clermont donna une lampe dargent et puis ce temps monsieur du Farnois seigneur en la Marche donna pour illuminer la ditte lampe douse vingt livres dont on en paye la rente aux fabriciens de Vassivières douze livres chaque année.

L'année 1634, noble dame Gaspard de Laiser femme à Jehan Deraudy seigneur de Rocques Sainct-Diéry et Montplaisir escuyer ordinaire de la grand escuryerie du roy donna deux couronnes d'argent dorees faites à l'impérialle, l'une pour l'image du grand auteil, l'autre pour l'image de la petite chapelle.

La mesme année ou tost appres, noble Jehan Goy, conseiller en la cour des aydes a Clermont-Ferrand donna une lampe dargent, et douze vingt livres l'entretenement de la ditte lampe.

L'année 1638 damoiselle Jehanne Poisson de Clermont donna une autre paire de chandeliers dargent.

(1) Extrait du registre des baptèmes, mariages et sépultures (Arch. com.).

L'année suivante fust donnee une couronne d'argent par monsieur Montchoson orfeuvre de Clermont pour la grande image.

L'année 1640 fust donnee une grande lampe d'argent par Mr François Destaing, seigneur du d. lieu de Murol, Papon et autres ses places ; comme aussi par Marie de Bussy de Tavanes sa consorte et la somme de trois cents livres pour l'entretenement de la ditte lampe pour satisfaire à leurs vœux.

Dela quelque temps fust donnée par reverante personne Michel Seugier pere de loratoire, deux cordons de perles ou estoient attachees deux bullettes en chassees dor.

Plus par certains bienfaiteurs une bague dor ayant le chaton bleuf, et un collier dor esmaillé enrichi de perle.

Plus un centuron dargent et quelques croix et petits reliquaires dargent et une petite couronne doré dargent faite à l'impérialle et un Saint-Esprit dargent.

Le 20 septembre fust donné un calice doré en partie par la veufve de Mr Figeat conseiller à la cour des Aydes à Clermont-Ferrand la ditte damoiselle ayant esté de la ville d'Issoire 1647 quelque temps apprès furent donnes quelques cordons de perles par certains bienfaiteurs, et un petit reliquaire d'or.

Le 2 juillet 1655 fust donnee une petitte croix d'argent garnie de reliques Saint-Amable par François Bertrand de Rion dauvergne.

Le 30 fust donné un petit reliquaire dargent garni des reliques nostre dame Montegut par François de Serveron.

Le mesme jour par madame de Gilberte un grand cœur d'argent

Le 22 daoust par Louyse Destaing une dousaine de petittes perles.

Le mesme jour furent donnees huict perles par une bienfaitrice.

Le mesme jour certains bienfaiteurs donnairent deux petits cœurs dargent lun attaché avec une chenette d'argent et l'autre avec un ruban rouge.

1655. Le 25 du dit mois daoust fust donné un cordon de perles contenant cent saise grains par madame de Montflerin proche Vic le Comte.

Le 8 septembre Mr Pigeon greffier à la cour des Aydes à Clermont donna un petit crucifix dargent attaché à une croix desbaine.

Le 15 daoust 1656 noble Estienne Vachier sieur des Saulers, président aus esleus a Clermont donna un calice d'argent.

L'année suivante 1657 Gabrielle Taffanel donna un petit cœur dargent le 15 aoust.

L'année 1658 et le 26 juillet fust donné un petit reliquaire dargent par Mr Vazeilles de Sauxillanges.

Le 6 aoust fust donne une Bullette ronde d'or, enrichie de perles ayant au mitan limage eslevee en bosse de saint Jehan Baptiste et un autre reliquaire en forme longue d'argent par certains bienfaiteurs.

Le premier jour de septembre de la sus ditte année 1658, Anne Chambon donna une petite croix d'or.

Le dit jour fust donné un cristal engaffé dargent par honnette femme Anthoinette Alibert le 26 septembre.

Le 23 juin 1659 madame Laroche du Crest donna un calice d'argent.

Le 5 juillet honneste femme Bernarde Millefleurs de Vic le Comte donna une petite croix d'or.

Le 22 d'aoust damoiselle Michel Roussel de Clermont donna au nom de Guilhaume Durand son fils, une lampe d'argent pour metre devant l'image de la petite chapelle.

L'année suivante 1660 et le 7 daoust Marie Viole donna un petit reliquaire dargent.

Le 3 octobre Mr de Vinselles présidant au siege presidial dauvergne, pour satisfaire à son vœu, donna un grand ciboire dargent.

Le vingt quatriesme du dit mois haulte et puissante dame Catherine de Traffort envoya a la ditte saincte Eglise de Vassivière, une grand lampe dargent pesant environ dix marcs, tant à son nom comme de monsieur le marquis de Canilhat son mary et la entretenue dhuile jusques à presant, en a chargé ladite dame, ses héritiers l'année 1667 trois cents livres à son deces, de donner à Vassivière pour l'entretien de la ditte lampe.

Le 2 febvrier 1661 Mr de Baude envoya à la chapelle un calice d'argent.

Le 22 juin damoiselle Marie Reymond de Billon a donné une petite croix dor.

Le 24 juillet madame Louyse Enriette de Beaulieu femme à Mr Danval a donné une bague dor.

Le 22 septembre 1661 damoiselle Françoise Pasqual veufve de feu Mr de Condat a donné deux petittes couronnes dargent.

On peut veoir par les sus dits memoires comme puis l'année 1634 jusques a la presante 1662 divers bienfaiteurs ont donne a la saincte chapelle de Vassivière en présants, ou pour l'acquittement des vœux faits par eux a Dieu en l'honneur de la sainte Vierge cinq lampes dargent dont quatre illuminent continuellement le grand auteil ; quatre calices sans comprendre celui qui avoit esté donné quelques annees auparavant, deux paires de chandeliers, un grand ciboire, deux couronnes pour la grand image de la Vierge et quattre pour la petite, un grand cœur, un ceinturon neuf ou dix petits reliquaires croix, cœurs, ou bullettes, le tout dargent et un crucifix.

Plus a esté donne à la ditte chapelle puis le dit temps 1634 en or ; un collier dor esmaillé, garni de quantité de perles, deux reliquaires petits, dont l'un porte en relief limage de sainct Jehan Baptiste et est assez grand, trois petites croix et deux bagues, le tout dor fin et deux petites bullettes attachees a des cordons de perles.

Plus a esté donné cinq à six cordons de perles fines, les uns entremeles de corail fin.

L'année 1662 et le 28 octobre honnorable homme Jehan Ramade procureur fiscal de Taules et damoiselle Louyse Dauphin sa consorte ont donna un paire de burettes dargent pesant un marc.

Le dixiesme novembre de la ditte annee honnorable homme Anthoine Bondius des environs de Salers a donné une petitte croix dargent a double croisillon et percee à jour avec un petit reliquaire de cuivre.

Le quatriesme mai 1664 honnorable homme Jehan Monnet marchand de la ville de Saint-Germain en Lambron a donné à la sus ditte chapelle de Vassivière, un grand ciboire dargent pour l'acquittement de son vœu.

L'annee precedente 1663 fut donné par deux bienfaiteurs un petit cœur dor couronné et esmaillé et un petit cristal enchassé dargent ou il y a au mitan une face du Sauveur et de la Vierge.

Le neufviesme septembre 1664 madamoiselle Rennier femme à M^r le conseiller Meyrand le jeune de Clermon a donné une petite lampe d'argent.

Le vingtiesme de juillet 1665 a esté donné une petite croix d'argent et le dixiesme d'aoust un petit reliquaire d'argent fait en ron par deux diverses femmes, plus la ditte année une petite medaille d'argent portant la figure de nostre dame de Banelle.

Le tresiesme de juin de l'année 1667 a esté donné un cœur dargent assez grand auquel est gravé dun costé le nom de Jesus et de l'autre celuy de Marie, par Monsieur et Madame Concordant de Clermont.

Le 28 septembre de la ditte année 1667 une femme de la ville d'Ardes donna un grand colier composé de plusieurs petits grains dor et de corail rouge.

Le second jour du mois de septembre de l'année mil six cent soixante huict un certain bienfaiteur donna une petitte médaille dargent portant dun costé une saincte Magdeleine et de l'autre une saincte reyne.

Le troisiesme du sus dit mois et an une fille de Saucillanges donna une petitte croix dargent.

Le sixiesme du dit mois et an un certain bienfaiteur donna une petitte image de la Vierge petrie de reliques et enchassee dans un reliquaire dargent.

La susditte année mil six cent soixante huict noble Jehan de Laizer seigneur de Seaugeac et baron de Compeins et Jehanne de Belinne sa consorte donnerent au dict lieu de Vassivière un tabernacle de bois doré, et fust posé sur le grand auteil de la ditte chapelle le quatriesme novembre de la sus ditte annee 1668.

La saincte chapelle de Vassivière fust pillhee et saccagée la nuict du quatriesme jour de septembre tombant au cinquiesme l'an mil six cents soixante neuf ou nous perdismes la majeure partie de la sus ditte argenterie, de laquelle on emporta six lampes d'argent, deux grands ciboires qui estoient dans le tabernacle et dans lesquels reposoit le tres sainct sacrement de l'auteil, quatre coronnes d'argent un pere de chandeliers, un calice et collier de limage de la visitation composé et enrichy d'un collier d'or esmaillé auquel pendoit quantité de perles, deux ou trois bullettes d'or et deux bagues et une petitte croix d'or, quatre ou cinq cœurs dargent avec leurs chaisnettes grand ou petit, six a sept reliquaires dargent ou medailles et cinq ou six cordons de fines perles et autres petittes croix ou beatilles dargent, un petit crucifix dargent massif attaché à une croix desbaine. Plus emporterent le reliquaire dargent pesant quatre marcs fait en figure de la saincte Vierge portant entre ses bras son enfant Jésus, deux paires de chandeliers grands destaing fin, trois devant d'auteil les plus riches et les credances, une chasuble de satin, quatre robes de limage de la visitation les plus belles, des charpes de satin ou taffetas, quelque linge et plusieurs autres belles choses.

Deux jours apprès un des dits larrons fust pris par messieurs de nostre ville qui les poursuivoient au village de la Vedrine Saint Loup avec la femme de la maison ou ils sestoient retirés, et y fut trouvé environ la troisiesme partie de la sus ditte argenterie mais froissée, lequel fust pendu et brusle a Saint-Flour.

La sus ditte année 1669 et deux jours apres le pillage et sacrilege fait à la chapelle de Vassivière, madame la duchesse de Noailles envoya et fit presant d'un grand ciboire dargent au dit Vassivière qui y fust porté et benit par Mr Garnier official de Clermond qui fust le septiesme septembre de la sus ditte annee 1669.

Le seisiesme du dit mois de septembre 1669 Mr Concordant marchand espissier et droguiste de Clermond porta à Vassivière une lampe de cuivre argenté.

La mesme sepmaine un certain bienfaiteur donna un miroir fait en verre enchassé dargent.

Le 26 juillet 1670 damoiselle Françoise Ramade veufve de feu Antoine Sartillanges du bourg de Laqueille donna une bague d'or et le lendemain on donna un petit reliquaire dargent couvert de deux cristaux.

Le douziesme septembre 1670 une femme d'Yssoire donna un petit reliquaire d'argent et le 15 suivant un orfeuvre en donna un autre, et quinse jours apprès on donna un petit cristal fait en oualle entouré d'argent.

L'année 1670 on fit faire de l'argenterie recouverte à la prise de David Jalabert l'un des vouleurs qui pilla la chapelle de Vassivière deux grands lampes, un reliquaire fait en image de la Vierge et un grand encensoir, et le dit Jalabert fust pendu et bruslé a Sainct-Flour.

Monsieur Pasqual procureur du roy au presidial de Clermont porta a Vassivière deux grands pairs de chandeliers d'argent envoya pour Vassivière une belle croix dargent assise sur son pied, le vingt sept décembre 1670.

Monsieur de Fontenilles de Clermont porta à Vassivière deux grands pairs de chandeliers dargent suivant le vœu qu'il avoit fait estant en Candie quelques aunées auparavant le neufviesme juillet mil six cents soixante-onze (1671).

Honorable homme Jehan Monnet marchand de la ville de Saint-Germain en Lambron donna a Vassivière un pair de chandeliers dargent le vincq uniesme may mil six cents septente deux (1672).

Honnorable homme Jehan Piniol marchand Bourgeois de la ville d'Yssoire donna a Vassivière une grande lampe dargent le second jour de juillet mil six cents septante quattre estant roy la ditte année du reynage de la visitation a quatre vingts dix livres (1674).

L'encensoir dargent pese six marcs une once qui valoint l'année 1670 cent soixante cinq livres 2 souls 6 deniers, ci............ .... 165ˡ 2ˢ 6ᵈ

La fasson a neuf livres la marc................................ 55ˡ 2ˢ 6ᵈ

L'image ou reliquaire pese quatre marcs quatre onces qui valoit cent vingt une livres dix souls, ci................................... 121ˡ 10ˢ 4ᵈ

La fasson quarante une livres 12 souls 6 deniers................ 41ˡ 12ˢ 6ᵈ

Les deux lampes pesent douze marcs quatre onces qui valoit cent trente sept livres dix souls, ci................................. 137ˡ 10ˢ »

La fasson cent douze livres dix souls, ci........................ 112ˡ 10ˢ »

L'argenterie se monte six cent vingt deux livres dix-sept souls trois deniers, ci.. 622ˡ 17ˢ 3ᵈ

La fasson deux cent neuf livres cinq souls, ci................... 209ˡ 5ˢ »

Ces deux dernieres sommes s'élèvent à 832ˡ 15ˢ 6ᵈ.

Le 21 septembre 1674 Mʳ Vilot procureures cour de Clermont donna à Vassiviere un pair de burettes dargent.

Le 12 aoust 1676 Mʳ le procureur de Salers donna une lampe d'archenie.

Honnorable homme Pierre Arnaud marchant residant pendant sa maladie à Autrages donna par son testament a Vassivière une lampe dargent de la valleur de cent cincquante livres, laquelle y fut portee le 28 may 1678 et cousta à la fabrique de nostre ville vingt quattre livres de surplus.

Mʳ Moreoles prestre d'Yssoire porta a Vassivière une petitte lampe dargent au nom d'un Bienfaiteur le 12 novembre 1679.

Monsieur de Chazeron donna a Vassiviere un grand cœur dargent coronné en façon despines, pesant deux marcs, le douziesme de septembre 1681.

MÉMOIRE

DES SAINCTES RELIQUES QUI SONT ENFERMÉES DANS NOS RELIQUAIRES
D'ARGENT REUNIES LE 23 MARS 1663 (1).

Dans le reliquaire vieux de nostre dame donné par feu Anne Vezinet l'an 1553, il y a une pettite fiolle de cristal enchassee dor esmaillé et enrichie de perles, dans laquelle fiolle il y a une image de la Vierge du bois de Montogut, ou paistrie de diverses reliques entouree des cheveux de nostre dame comme il appert par lecript gravé à la ditte en chassure, qui est tel en latin (crines Beatæ virginis mariæ) plus il y a des ossements de sainct Fabien pape et martir, de Sébastien, des os de la tete de sainct Roc, de ceux de saincte Barbe, et plusieurs autres ossements à nous inconnus ; de plus il y a des reliques de sainct Maurice..... dans le reliquaire de la Vierge travaillé en image de nostre dame a Clermont l'an 1641 : de certaine argenterie de la fabrique de nostre Eglise lequel reliquaire on tient d'ordinaire à Vassivière, il y a de la tunique de la Vierge, de sa ceinture et de ses cheveux, comme aussi des reliques de sainct Laurens, sainct Sébastien, Blaise, Marius, Absalien, Clair, Tabin, Protais, Elpide, Benoict, Valentin, Julien, de la tunique de la Vierge furent posees au grand auteil de Vassiviere, et celles de sainct Sébastien et de sainct Laurens aux autres deux auteils par feu reverend pere en Dieu Anthoine de Senectaire, evesque de Clermont le second jour de juillet l'année 1571, auquel jour il consacra la ditte chapelle comme il appert par les escripts qui sont dans ledit reliquaire dont en voicy la teneur d'un

« hic Jacent reliquia sacrosanctæ in honorem domini nostri Jesu christi : Et in nomine Beatissimæ mariæ Virginis in presenti altari quod fuit, consecratum per revendum patrem in christo dominum antonium de sancto necterio claromontensis espiscopum anno salutis millesimo quingentesimo septuagesimo primo die secunda mensis Julii, signé Luzius. »

Les dittes reliques ont este desrobees avec le dit reliquaire et toute l'argenterie de la ditte chapelle le cinquiesme septembre 1669. Partie des dittes reliques ont este recouvrées au village de Vedrines sainct Loup et sont a present au nouveau reliquaire de sainct Jehan Baptiste donné par Molinot le cocq prestre et curé de ceste ville, il y a plusieurs reliques du dict sainct comme de sa robbe ou ceinture faitte de poil de chameau, une petitte fiolle de cristal, dans laquelle il y a du sang caillé du dit sainct et autres ossements du dit sainct approuvés par le sus dit evesque la sus ditte année, plus des reliques de sainct Jehan l'évangéliste, de sainct Gorgois, Julien, Valentin, martyrs, de sainct Athanase, Leon pape et confesseur, Gilardion hermite, Valere martyr

(1) Registre des mariages, baptèmes et sépultures. (*Arch. com.*)

les susdittes reliques de sainct Julien, Valentin, Valere, Léon, Hilarion et Athanase Jesuitte l'an 1616 comme appert par son certifficat et a ly envoyees de Rôme plus il y a des reliques de sainct Bernard, une petite pierre du Jordain, du Baptisé sainct Estienne et de ses reliques, une petitte pierre du mont calvaire et de celles ou fust baptisé sainct Jehan Baptyste et nostre Seigneur et autres reliques.

Dans le reliquaire saincte Luce donné l'année 1654 par les confraires de la ditte fraiyrie, feu Pierre Coyssard estant Baille, il y a un grand os de la saincte, plus des reliques de sainct Romain martyr tirées du reliquaire quarré de cuivre, plus des reliques de sainct Roc, saincte Marthe Marie Magdeleine, saincte Agnès, Ursule, Barbe, vierges et martires, du voille saincte Catherine V. M. et de plusieurs autres saincts dont on ne scait les noms.

Et dans le reliquaire de sainct Blaise il y a des reliques du dit sainct plus de sainct Laurens, Sébastien, Protais martirs, sainct Anthoine hermite, sainct Anthoine de Badoux, sainct Ligier pour l'enfentement des femmes, sainct Eloy, Aubert, Felix, Valentin, Juste, Vincens martirs et de plusieurs autres saincts.

Dans le reliquaire des apostres il y a des reliques de sainct André, sainct Paul, sainct Jacques apostres, de sainct Hubert evesque et confesseur et de plusieurs autres saincts, dont les noms nous sont inconnus, comme aussi il y a une dent de sainct Timothée disciple de sainct Paul evesque et martyr.

MÉMOIRE

DES SAINCTES RELIQUES MISES DANS L'IMAGE D'ARGENT FAITTE DE NOUVEAU
L'AN MIL 670 POUR SERVIR DE RELIQUAIRE DANS LA CHAPELLE DE
VASSIVIERE.

Premierement ex Pasmo tincto in sanguine christi.

Laquelle relique a este tirée des reliques du rosaire de nostre ville.

Une nostre dame de Montegut avec du bois du mesme lieu.

Saincte Cosma mar. saincte Metrodori martiry.

De la robbe de sainct François de Sales evesque de Genes.

Du bois de la sancta casa.

Cheveux de la sœur Marie de Valence en Dauphiné et plusieurs autres reliques
inconnues, toutes lesquelles excepté la premiere ont este donnees ou par Mr Gilbert
Lamothe prestre de cette ville, ou par Catherine Tournadre nostre habitante et a elle
laissées par feu Mr Tournadre son oncle, prestre et curé de Montmyrand au diocesse
de Valence en Dauphiné.

Plus il y a partie des reliques qui estoint dans le precedant reliquaire, recouvertes
au village de Vedrines sainct Loup, apprès le pillage de Vassivieres.

LES FRERIES

DES QUELLES EST CONFRÈRE Mr ANTHOINE PRADES PRESTRE ET VICAIRE DE
BESSE POUR LES VENERABLES DOYERS ET CHANOINES DE LA SAINCTE CHAPPELLE
DU PALAIS DE VIC LE COMTE.

De nostre dame en laquelle il y a chandelliers grands de cuivre ou bronze et callice
d'argent comme pour les confreres messieurs les prestres celebrant deux messes basses
toutes les semaines scavoir le mercredy et samedy comme un service après la decade
a esté reçu le d. Prades de la dite confrerie l'annee 1606, il y a ornemens noirs.

De sainct Jacques il y a grands chandelliers de bronze comme callice d'argent comme
ce celebre tous les jeudys messe basse comme apres le decade un service, il y a
ornemens de vellours viollet.

De nostre dame de Bethelem apres la decade une messe a aulte voix avec souls
diacre comme diacre.

Desus dites freries sont directeurs messieurs les prestres de l'eglise de Besse de la
feste Dieu a l'intention des confreres est celebree une messe basse tous les jeudys
fondee a l'autel de sainct Anthoine il y a un beau calice d'argent dore chasuble comme
autre chasuble comme tuniques de vellours rouge cramoisi chappe de damas grands
chandelliers de bronzes entretenement..... de cierges le jour de corpore christi est
fondée une messe de morts, apres le decade un service............ nomment deux
B.......... le jour de la feste Dieu hommes l'air, il y a un drap noir de vellours
pour les deffunts.

De sainct Eloy ce celebre une messe basse estant fondée tous les dimanches au grand
autel comme le jour plusieurs vespres matines messes aultes secondes vespres comme
aussi est fondée le jour d'apres messe aulte de mortuis comme le 25 juin est fondée
une messe aulte le tout a l'intention des confreres, il y a de beaux chandelliers de
bronze callice d'argent ornemens scavoir chasuble tuniques de vellours rouge drap
noir de vellours pour servir aux deffunts. Le jour de sainct Eloy on nomme les Bailhes,
il y a service scavoir un chantel par l'ame des deffunts, il y a livraison le dit jour.

De la frerie madame saincte Luce il y a messe basse fondee touts les mercredy a
l'autel de saincte Luce le d. jour comme feste premieres vespres matines messes aultes
vespres comme le jour d'après messe de mortuis le tout fondé il y a chandelliers de
bronze calice d'argent chasuble pour les mercredis de taffetas, chasuble comme
tuniques de damas bleuf avec leurs parements de damas jaulnes pour chasque deffunt
une messe aulte font livraison le dit jour.

De la frerie de la nativité de nostre dame qu'on appelle de tixerand toutes les festes de nostre dame ce celebre une messe basse au maistre aultel qui n'est encore fondee ; il y a chandelliers cierges callice d'argent doré qui fust achepté par les confreres des heritiers de feu Mr Couches curé de Gannat la somme de six vingts livres font livraison le dit jour. De la frerie des saincts Cosme et d'Amian ce celebre tous les dimanches une messe basse laquelle est fondee comme le jour une messe aulte avec diacre souls diacre, le jour d'apres, une messe de mortuis comme apres le decade de chaque confrerie une messe haulte avec diacre souls diacre, le tout aux despens de la frerie il y a chandellier de bronze cierge, calice d'argent chasuble, les messes ce celebrent à l'autel dessus.

De la frerie de monsieur sainct Roch, le dit jour ce celebre une messe haulte à la chapelle hors la ville ; il y a chandelliers comme cierges apres le decades les Bailles aux despens de la frerie font celebrer une messe aulte avec diacre comme souls diacre.

De la frerie de monsieur sainct Honoré le 15 may ledit jour comme feste ce celebre une grand messe avec diacre comme souls_ diacre les Bailles doibvent faire chanter une messe de mortuis à chasque deffunt font livraison ledict jour.

De la frerie de monsieur sainct Barthelemy le jour comme feste du d. sainct ce celebre une grand messe avec l'orgue comme musique ainsi que font toutes les autres confreries cy dessus escrittes apres le decade un service c'est a dire un chantel led. jour sans livraison, il y a salut apres souper fonds depuis peu de temps.

De la frerie de monsieur sainct Blaise le jour comme feste ce celebre une grand messe avec diacre comme souls diacre avec l'orgue comme musique comme pour grand messe de mortuis pour l'ame de chaque deffunt.

De la frerie de monsieur sainct André institué par le plus grand nombre de messieurs les prestres de la communaulté l'année 1636, le jour comme feste ce celebre a l'intention des confreres une grand messe solennelle comme le jour d'apres avec la mesme solennité ce celebre une messe de mortuis, le tout comme un cappis comme virgis comme autres de............ que les confreres sont obligés comme il appert par le contract escrit dans le livre passé par Mr François Boyer Reignauld notaire royal font livraison.

De la frerie des ss. Crespin comme Crispiniam derniers institués, il y a chandelliers de bronze comme cierges et celebre tous les dimanches messe basse à l'autel des d. ss. le jour comme feste une grand messe avec diacre comme souls diacre l'orgue musique a l'intention des confreres apres la decade une grand messe de mortuis, il y a livraison le d. jour.

Est aussi de la frerie Mr Anthoine Prades Jesus, Maria, Joseph, laquelle fut commencee comme instituee l'année 1642 en caresme preschant à Besse venerable personne Mr Planat père de la mission natif de Blesle.

Est aussi de la frerie de nostre dame du rosaire des l'année 1605 de mesme du rosaire perpetuel des l'année 1643 commencé la d. confrerie la mesme année ayant receu son billet a Besse son heure est pour y satisfaire une fois l'année au moys de juin dix-huitiesme jour de huit heures du matin jusques a neuf ayant pris son billet au moys d'avant.

Est encore de la frerie de nostre dame du mont Carmel l'ayant requis aux venerables peres carmes du couvent de Clermont des l'année 1620 ayant pris le scapulaire des mains du R. P. Prieur du d. couvent comme de rechef pris un autre scapulaire des mains du R. P. André Blauchard Prieur du d. couvent docteur en theologie a Paris preschant le caresme à Besse l'année 1630.

MARCHÉ

FAIT ENTRE LES LUMINIERS DE L'ÉGLISE DE BESSE ET LE MAÇON ET
L'ENTREPRENEUR POUR LA RECONSTRUCTION DE LA CHAPELLE DE VASSIVIÈRE

En leur personnes messires Michel Fohet et Gilbert Lamothe prestres luminiers et
marguilliers de l'eglise sainct André de la ville de Besse discret Mr Mr Antoine Deserres
licencié en lois lieutenant general de la dite ville honnorables hommes Jehan Fohet
comme Michel Passience consuls la présante année de la dite ville comme Mr Jean
Cladiere notaire royal et la dite ville, les dits sieurs Desserres et Cladiere nommés
avec les dits subsignés Fohet comme Lamothe en la dite charge de marguilliers tous
habitans en i celle pour eux et les leurs d'une part.

Et honnestes Jean Lenoir et Symon Puyssouchet maçons architecteurs tailheurs de
pierres habitans scavoir le dit Lenoir de la ville de clermont et le dit Puyssouchet du
lieu de serres soubtrane parroisse de la ditte ville de Besse pour eux et les leurs
d'autre partie. Les dittes parties comme && de leur Bon gré et suivant le délibérataire
de mrs du consulat de la ditte ville du vingt septiesme présent mois ont faict et accordé
entre elles les prix faict obligations pactes comme promesses qui s'en suivent c'est a
scavoir que les dits maçons entrepreneurs ont promis et seront tenus premierement
de demolir une voute de l'eglise comme chapelle de nostre dame de vassiviere qui s'en
va en ruyne pour faire comme restablir à neuf la ditte voute menaçant de ruyne y
bastir deux chappelles l'une di celles du cousté de midy et l'autre du cousté de
septentrion et en suite den faire la croupe de l'eglise a trois faces de quinze pieds de
longueur dans œuvre comme au ancienement ainsi que le plan seront faict mention
marqués par les lettres de l'alphabet A. B. C. D. E. que le tout sera faict a neuf et
conformement au dessin qui demeure entre les mains des dits sieurs Bailhants et
l'endroit ou seront les dites chappelles sera de la mesme largeur que l'eglize est a
present seront tenus comme se chargent les dits entreprenneurs de fère le
réchaussement de l'œuvre sus dite a neuf de la haulteur de six pieds plus hault que la
voute de l'eglise qui est de present le tout faict comme conduire de pierres de tailhe
selon les dits plans laquelle pierre de tailhe qui sera nécessaire pour les dittes deux
chapèlles et croupe d'Église ainsi qu'il est dit cy dessus sera fournie par les dits
maçons entrepreneurs lesquels se serviront de la pierre de tailhe qui proviendra de
la démolition de la ditte voute et piliers deglise laquelle pierre de tailhe ils pourront
employer dans l'œuvre qu'ils fairont a neuf promettent les dits Lenoir et Puyssouchet
de travailher à la ditte œuvre i celle fere comme parfaire bien comme dument au
regard d'expers, a peyne de tous dommages comme interest promettant les dits sieurs

bailhant fournir aux dits maçons entreprenneurs des carriere necessaire a tirer la pierre et fournir la loge qui sera nécessaire pour mettre a couvert les ouvriers qui tireront ladite pierre de plus fourniront la chaux sable et pierre mesme bons pour chafauder, scindrer comme autres materiaux necessaires ensemble d'une autre loge dans le dit lieu de nostre dame de Vassiviere de la longueur de douze toises comme dix huit pieds de large i celle bien convenable affin d'y loger les dits maçons entreprenneurs ensemble ceux qui tailheront la pierre pour faire la dite œuvre comme travailheront à i celle faire porter la pierre de la ditte carriere ou dautres lieux ou elle se trouvera plus commode ensemble tous les autres materiaux en place à leurs propres cast comme despens sans que les dits maçons entreprenneurs soient tenus de fournir autre chose que la pierre de tailhe, la tailher comme mettre en œuvre et fere toute la maçonnerie necessaire au dit œuvre se faisant servir a leurs frais comme despens par les ouvriers comme manœuvres qui seront necessaires au faict de la ditte maçonnerie pour le regard du couvert a la dite Eglise les dits sieurs Bailhants le feront faire a leurs fraicts comme despens comme aussi un canal ou rase ou il en auroit besoin pour fere couler les eaux et empescher quelles ne croupissent ou endommagent les fondements le présent prix faict et obligation accordé entre les parties pour le prix et somme de deux mil sept ceñts livres, laquelle somme les dits sieurs Bailhants ez dittes qualites ont promis de payer aux dits macons entreprenneurs scavoir le tiers di celle comptant comme avant commencer l'œuvre moyenant lequel tiers comme premier payement les dits maçons entreprenneurs seront tenus de fere comme bastir les fondemens comme les eslever hors de terres de la haulteur de six pieds du moins par dessus le pavé de la ditte Eglise, l'autre tiers de la ditte somme pere payable appres la sus ditte haulteur comme Besoigne sus ditte fete moyenant lequel second payement les dits entreprenneurs seront tenus continuer comme réchausser la ditte œuvre de pierres de tailhe dautres douze pieds et l'autre tiers comme dernier payement les dits maçons entreprenneurs apprès la Besoigne fete moyenant lequel dernier payement les dits maçons entreprenneurs seront tenus de parachever comme mettre la ditte œuvre a perfection c'est par ce que monsieur Bohete conseiller général en la cour des aydes a clermont ferrand a fet entendre a mrs du consulat de ceste ville de Besse qu'un certain bienfaiteur de ses amis estoit en volonté de donner la somme de mil livres et pour ayder à l'edification de l'œuvre sus ditte payable aussy tost que ceste obligation de prix fait lui auroit este exibé a ceste cause les dits sieurs Bailhants ont promis aux dits macons entreprenneurs de prelever la ditte somme du dit sieur bienfaiteur s'il lui plaist la Bailher comme dendosser le payement sur ceste obligation de prix faict souls son nom comme par les dits maîtres de sa charité fet en faisant le dit payement sieur bienfaiteur en sera valablement deschargé comme aussi les dits sieurs Bailhants envers les dits macons entreprenneurs, la presante obligation subsistant seulement pour les autres deux termes pour la somme de dix sept cents livres payable comme dessus et convenue a deux payements égaux, néanmoins avec convention qui sy à chacun des termes sus dits ne se trouvoit fonds suffisant en la ditte marguilerie pour continuer la ditte œuvre les dits sieurs Bailhans ne pourront estre contrains a la fere continuer comme moins au payement des dits termes ainsi seront tenus les dits maçons entreprenneurs d'attendre qu'il y ayt moyen pour suvenir a la ditte despance sy mieux ils nayment se despartir du dit prix fet demeurant les parties au dit cast en leur liberté de resilier ou tenir la ditte obligation de prix faict sans aucuns despens dommages comme interest de part et dautre en condition toutesfois que les dits Bailhants de ce leur ayant donné moyen de pouvoir faire continuer ladite œuvre ne pourront comme ne leur sera loisible de le fere comme continuer par autres maçons que par les dits premiers sinon que leur refust deuhement notifié et sera commencé par eux de travailher a i celle aussy tost qu'ils auront recus le dit premier payement promis car ainsy tout ce que dessus les dittes parties chacune endroit sy ez dits noms comme qualités par eux prises l'ont voulu et accordé comme jure attendre & comme au defaud rendre despanse & obligent les dittes parties scavoir les dits maçons entreprenneurs leurs personnes comme biens et solidairement lun pour lautre le seul d'eux pour le tout avec toutes renontiations solides comme nécessaires et les dits sieurs Bailhant les biens de la marguillerie presants et avenir uns chascuns ez noms voulu et soulsignés fet à Besse maison du dit sieur desserres en presence de honnorables hommes Jacques Besseyre seigneur de chandèze Bourgeois en la ditte ville de Besse qui a signe avec les dites partis comme m. François Boyer pratiscien en i celle qui a aussy signe le vingt huitiesme jour du mois d'aoust l'an mil six cent trente trois à l'originale sont les signatures de m. m. Fohet, Desserres, Besseyre, Fohet, Passience, Lamothe, Cladiere, Puissouchet, Lenoir, Boyer et Pagenel, notaire royal octroyé souls le scel royal obligation de preffait.

De ce que due dessus ces presantes expédiées pour lesdits sieurs Bailliants. Et en a este haillé coppie, Ez dits.

5109-11-87. — Clermont-Ferrand, Imprimerie Clermontoise, 9, rue Fontgiève.

www.ingramcontent.com/pod-product-compliance
Lightning Source LLC
Chambersburg PA
CBHW070819260626
47161CB00006B/2339